NOSOTRAS VINIMOS TARDE

ELISA COLL

Amor de Madre
EDITORIAL JOVEN, FEMINISTA & LGBT+

Amor de Madre
EDITORIAL JOVEN, FEMINISTA & LGBT+

www.editorialamordemadre.com
En Twitter: @AmordemadreEd
En Instagram: @AmordemadreEd

Título original: *Nosotras vinimos tarde,* 2023
Editora: Victoria Irene Borrás Puche
Ilustración de cubierta: Victoria Irene Borrás Puche
Composición y maquetación: Amor de Madre Editoras

Editorial Amor de Madre, 29003, Málaga

1ª edición en Amor de madre: octubre de 2023
2ª edición en Amor de madre: octubre de 2023
3ª edición en Amor de madre: diciembre de 2023

ISBN: 978-84-947043-8-3
D. L.: J 550-2023
Impreso en España

A Teresa, por ser.
A Begoña, por haber sido.
A toda vuestra tropa, por hacernos de espejo.

Y a mis amigues.

NOSOTRAS VINIMOS TARDE

Prólogo

En un pasaje de *Nosotras vinimos tarde*, el libro que tienes entre las manos, la protagonista, el trasunto autoficcional de Elisa Coll, está a punto de morir en un accidente de avión, o eso cree ella. Ante tal trance, la que a esas alturas de la lectura ya sentimos como una amiga nuestra, es invadida por una suerte de fatalismo que la sitúa ante el final de su vida de un modo, si no calmado, al menos sereno, acepta que va suceder y le parece una forma de cerrar ciclos, atar cabos y terminar con las dudas que la asaltan continuamente; en medio de la agitación provocada por las turbulencias percibe el tiempo lento y, tras el inevitable repaso vital, los nombres, los rostros y la autoconfesión, decide buscar una última conexión humana, una última comunión, abrazando al pasajero que tiene al lado, un niño de unos ocho años que, vaya por dios, está ya en brazos de su hermano mayor, ese niño está ocupado y la protagonista se queda a medio gesto, confusa y avergonzada, convirtiendo esa última solemnidad en incomodidad, en una postrera forma de ridículo, en casi un meme, un haber si me muero literario que resulta uno de los fragmentos más descaradamente millenial que se puede escribir y una genialidad narrativa que ejemplifica, en buena medida, el tono de esta narración, a medio camino entre el relato intergeneracional, el diario poético, el humor, un libro de elige tu propia aventura y un ensayo de activismo desencantado pero inquebrantable.

No es fácil superponer todas las capas que Elisa Coll ha usado para construir *Nosotras vinimos tarde* y hacerlo con tanta naturalidad. Una empieza leyéndolo y poniéndose cómoda como si fuese a ver una película casera filmada en super 8, o una sesión de diapositivas y la termina con necesidad de emprender un viaje en coche, de madrugada, escuchando a Florence con un moño mal hecho, de regreso a alguna parte, y llegar sincronizada con el amanecer para ser, por un momento, dorada.

Esta novela es, también, la historia de cómo nos enfrentamos a la fugacidad, una actualización del carpe diem que huye del entusiasmo depredador de la generación anterior a la autora, la mía, la que lo ha entendido casi todo mal, y aplica mucha ternura y un desasosiego suave y casi cálido al concepto. Ver el propio final o ser consciente de la mortalidad repasando la intensidad de las vidas de las otras, su camino, se despliega en la narración como una reflexión sobre los contextos históricos, la lucha de clases y la culpa, sobre el no hacer suficiente, sobre no ser suficiente y no saber cómo remediarlo, aunque la protagonista esté ahogada de implicación y nunca deje de comprometerse y actuar.

Es una mujer bisexual la que escribe, y esa posición es la de la expulsión constante, la del anhelo, la de la puesta en duda, la de la frivolidad supuesta, la de un espectro hecho jirones que debe disculparse constantemente por adquirir textura, por reclamar espacio en el mundo de las cosas que existen a la luz del sol, de nuevo por intentar estar a la altura. Aquí la novela adquiere los ejemplos de fragilidad más hermosos porque ser una expulsada otorga un punto de vista privilegiado sobre las cosas, una forma de análisis guiado por la distancia que lo observa todo con agudeza de niña listísima e inocente. Elisa Coll narra sin ironía y esto engrandece el texto y sus ideas, no hay miradas esquinadas, ni juicios dobles, nos encontramos con una concatenación de personajes, genealogías e ideas que soportan un vistazo frontal, en el que no hay posibilidad de enmascarar o disimular problemas. Los pasajes críticos con las dinámicas activistas son duros y divertidos, una tensión que la autora maneja de forma admirable en todo el texto. La disección de cómo existen individuos capaces de arropar sus malos tratos con ropas de cuidados, deconstrucción o dominio de la jerga del activismo son demoledores y claros como el agua, entrando en terrenos casi ensayísticos que le sientan de maravilla al conjunto.

La violencia intragénero, que recuerda en alguna pincelada a *En la casa de los sueños* de Carmen María Machado, toma esa forma perfecta de enemigo vestido de seda y coloca a la protagonista, y a nosotras con ella, en una posición de incredulidad, inexistencia y borrado, que Elisa Coll nos narra con la sutileza de las cosas que importan y que duelen, sin afectación pero sin faltar al compromiso con la verdad y sus detalles que lectoras y autora establecemos desde la primera página.

El no estar ni aquí ni allí que se presupone a las personas bisexuales encuentra una metáfora perfecta en cómo la protagonista vive, de alguna manera, entre Madrid y Barcelona, con el corazón y la cabeza transitando entre una y otra ciudad, no por indecisión o frivolidad, que sería el primer pensamiento adjudicado a la situación de esta bisexual en tránsito que somos tantas, el primer prejuicio, el constante; la mueven una huida y una búsqueda en parámetros muy claros pero que obligan a la fragilidad, al desnudo personal, y con ellos, a la incomprensión ajena. Este viaje es un viaje generacional del héroe, de la heroína, desencantada e incansable pero guiada por una esperanza conmovedora.

Si bien la soledad está muy presente en esta narración, la soledad dentro de una misma, el mundo interior que a veces puede ser un abismo, esta es, sobre todo, una historia de sororidad, de amistad y de genealogía. Las amigas de Madrid, que resisten mudanzas y recelos, las de Barcelona, que acogen, aman y siguen sus propios caminos, acompañan este relato generacional como esa intimidad de soledades que es la amistad verdadera. Reconocerás las texturas de esos pisos compartidos, el olor, las mudanzas apresuradas con las cuatro cosas que las precarias acarreamos de un lugar a otro, los coches cargados de bultos yendo y viniendo, las cenas caseras y los vinos mirando por la ventana esquivando las plantas que crecen como pueden en los poyetes. Y las risas, los abrazos, las confesiones, los "no puedo más", el miedo, las lunas en piscis que ayudan a entender, el acompañamiento, los cuidados de verdad, sin depredadores merodeando, la auténtica y genuina sororidad. En personajes como Oli, Mar, Ángela, Ona, Yara y Gabi una ve a sus propias amigas, las que son y las que fueron, también nos reconciliamos con la posibilidad de la fugacidad, de que las personas que nos sostienen y a las que sostenemos algún día no estén, o decidan no estar, y eso hace que las queramos más, que las abracemos más fuerte, que las apreciemos como estrellas que se nos cruzan en el camino.

Antes de terminar este prólogo y si no te has decidido ya, me reservo mencionar, quizá, al personaje más importante de esta novela, que al ser fuente de un precioso relato de genealogía, se convierte en tres: la feminista Teresa Meana -cuyo nombre vas a buscar en google al mismo tiempo que la protagonista-, que reúne en su testimonio la importancia de las que estuvieron antes, de ese amor en cascada que es la genealogía y con la que vas a recorrer un contexto histórico y social fundamental para comprender quiénes somos y dónde estamos; la planta cuarta de la comuna de viejas amigas y amigas viejas en la que vive, aquelarre doméstico de cuidados, intimidades difusas y compañía femenina que te va a romper el corazón porque si de verdad lo personal es político, pocas veces se ha contado mejor. Y La Santa Sebe, bar que cofunda con compañeros y compañeras de juventud, centro del ambiente queer de la movida ovetense en los ochenta, casa y refugio de toda una generación de maricones, bolleras, bis, trans, comunistas, antifranquistas, niñas raras y modernas hartas de franquismo. Vas a descubrir una forma de contar una historia que va a incorporarse a tu estantería de los libros importantes porque tú, que sostienes este libro y estás leyendo este prólogo, eres una niña rara o tienes una cerca, o quizá te intriga la rareza, o por una vez en la vida vas a conceder un espacio en tu mesilla de noche a un libro protagonizado por una mujer, bisexual, precaria, feminista, que va a terapia a hablar del zodiaco, que es más lista que el hambre y más buena que el pan, que ama con la libertad de las expulsadas, las que no tienen coreografía emocional aprendida porque todo el mundo quiere bailar con ellas pero nadie quiere ser pareja de baile, con un amor inmenso y cuidadoso, que no quiere hacer daño pero sí dejar huella, inocente y desprejuiciado, divertido e intenso. Un amor narrado con las herramientas de la mejor literatura y con una estructura hermana de esa falta de prejuicios en el amor, libre, fragmentaria, juguetona y dramática. Tan hermosa, caótica y perfecta como una vida.

Que lo disfrutes.

Alana S. Portero.
En Le Marais, París, a 23 de septiembre de 2023.

UNO

¿Quién va a detenerte: la muerte, la edad o la idea?

Sara Hebe

Una niña bizca, con gafas gruesas y apenas una nubecita de pelo en la cabezota corretea hacia una alambrada oxidada. Al otro lado, un cervatillo la observa con cautela. La niña arranca un puñado de hojas de una planta y se las ofrece con fervor al animal, que da un par de pasos atrás. La niña comprende que ha actuado con demasiada vehemencia e intenta disimular su emoción, aparentar calma, pero sus ojos se encienden de nuevo cuando el cervatillo alarga el cuello para acercarse a las hojas que asoman por su apretado puñito. «Despacio, despacio», dice una mujer detrás de ella, acercándose desde un grupo de adultas que observan la escena desde la linde del camino. Lleva el pelo rizado y gafas finas de montura metálica, es larga como un junco y parece que está tratando de decidir a quién hay que proteger de quién. «¡Mira, Marga!» dice la niña, susurrando fuerte como para que el ciervo no la oiga. Marga le sonríe, pensando con cierta amargura en todo lo que su sobrina aún no sabe. Como que la mujer que observa la escena unos pasos más atrás no es su amiga, o que el ciervo puede oírla perfectamente.

Pauso el vídeo y mi tía queda congelada. Hace una semana que llegué a Barcelona y en vez de deshacer cajas me estoy dedicando a abrir la ristra de emails que me ha mandado mi padre con grabaciones de cuando era pequeña. Esto es algo que hace de vez en cuando, no porque cada cierto tiempo los repase en un arrebato de nostalgia, o eso creo, sino porque disfruta de clasificar absolutamente todo lo que tiene a su alrededor, y ahora tocan los vídeos familiares. Recuerdo cuando hace unos años decidió que la cinta de VHS estaba condenada a morir y resolvió darle el estacazo final convirtiendo todas las cintas de casa a formato digital. Tal vez ordenar el pasado es su excusa racional para visitarlo, o su manera de amoldarlo a su propia narrativa. No he querido preguntárselo. Busco a lo largo del vídeo un plano en el que se vea el grupito que había detrás de mi tía Marga aquella tarde de paseo por el monte. Reconozco a mi madre, que tendría la edad que tengo yo ahora. También veo a la novia de mi tía, que me fue presentada como su «amiga» hasta que, ya de adolescente, sumé dos más dos. Tuve que preguntarlo yo misma al detectar el manto de silencio que pesaba sobre el tema y, cuando lo hice, mi madre y mi padre compartieron una mirada nerviosa antes de responder.

Pero a quien quiero verle el rostro es a la cuarta mujer. Intento buscar un plano ampliado, pero no soy capaz de captar más que su espalda mientras mi tía le pasa el brazo por encima discretamente. Sé quién es. Lo sé y sin embargo no logro llegar hasta ella ni evocar el recuerdo de estar juntas aquel día. Por mucho que fuerce el rastreo en los recovecos mi memoria, no la encuentro por ningún lado. Tampoco en la pantalla. Paso los fotogramas uno a uno, pero es inútil: no consigo verle la cara a Teresa.

Creo que faltaba poco para que me pusieran el parche, pero hasta que llegó ese momento recuerdo que me encantaban mis gafas. Eran los años ‘90 y las gafas diseñadas para criaturas tenían la montura de plástico grueso con una goma elástica que rodeaba la cabeza. La montura de las mías era transparente y tenía dibujos de virutitas de colores pastel: rosa, amarillo, azul claro. Eran increíbles esas gafas. Me las quitaba como le había visto hacer a mi abuela, dejándolas reposar sobre mi pecho, sostenidas por la goma que no paraba de enroscarse sobre sí misma y que siempre iba llena de roña. Pero cuando llegó el parche, mi mirada perdió un punto de apoyo, también la que rebotaba sobre la cruel superficie de los espejos. Su reflejo me devolvía una parte de mi cara tachada, como en obras hasta que se arreglara. Y yo no era consciente de que hubiera algo que arreglar. De hecho, creo que no supe que ser bizca se considera un rasgo de fealdad hasta la llegada de ese parche color moqueta sucia. Vago, lo llamaban ojo vago. Yo me imaginaba a mi ojo derecho levantándose de un brinco y poniéndose a trabajar muy serio y ocupado, mientras el otro se mecía en una hamaca como el elefante de la canción. Ese pedazo de tela pegajosa y arrugada, estampada sobre mi piel, me recordaba que la mitad de mí se orientaba hacia donde no debía, que mi mirada estaba desviada y había que corregirla. Rápidamente aprendí que no quería ser bizca y dejé de luchar por quitármelo. Me daba pena el vago, condenado a trabajar por ambos hasta que aprendiera a mirar como es debido, pero tampoco quería que en el colegio se rieran de mí por tener un ojo a la virulé. Así, cuando el parche abandonó mi rostro, volviendo a dejar pasar la luz y los colores de un mundo aún rebosante de misterios, sonreí encantada a la oftalmóloga que me felicitó por ser tan obediente. En el camino de vuelta a casa paramos en una cafetería para celebrar con chocolate y churros el triunfo de aquel proceso de rectitud: la vista al frente, hacia delante. Nunca más se le permitió a mi ojito perezoso la aventura de delizarse hacia donde nadie más miraba.

Cierro el vídeo, bajo la tapa del ordenador y me desplomo todo lo que puede desplomarse un cuerpo sobre un colchón que le es extraño. No he hallado a Teresa ni en estos vídeos ni en mis recuerdos, pero tengo grabada a fuego esa miradita, aquel silencio que se hizo cuando pregunté si la amiga de mi tía era en realidad su novia. En todo el vídeo apenas se tocan: ni mi tía, ni su novia, ni Teresa. Algún apretón suave en el brazo, me parece captar alguna mirada, lo he visto cien veces ya pero son solo destellos, sombras. Están moviéndose por el fondo, porque el vídeo se centra en la niña, pero están. Y yo no las vi. No supe hacerlo. Eso me hace sentir torpe. Tampoco me las mostraron. Una oleada de rabia y frustración acompaña siempre a la certeza de lo diferente que habría podido ser mi vida, nuestras vidas, de haberlas visto antes, de haberme arrancado el parche y haber pagado el precio de una mirada que fracasa. Se mueven, pero la lente las condena a ser parte del paisaje, difuminadas, pixeladas. No habían cobrado forma propia hasta ahora, cuando por fin me he detenido a mirarlas.

El cervatillo sale corriendo y la niña lo observa impotente con su ojito torcido, agarrada a la alambrada con las hojas aún en la mano, por si vuelve.

Mar lloró cuando les conté a ella y a Oli que había decidido mudarme a Barcelona. Se lo intentó guardar, bajar de un trago la bola de piedra instalada en su garganta, pero yo se lo vi, porque son ya muchos años, y por todos lados le acabaron brotando las lágrimas. A mí se me partió el corazón, pero conseguí contener las ganas de recoger cable, de decir que aún me lo estaba pensando, que no era seguro. Me miró toda desbordada de incomprensión y después entornó los ojos para que no me sintiera culpable. Oli seguía inmóvil. Era una de las pocas veces en una década de amistad en la que me había visto incapaz de descifrar su cara. Su gato pardo subió al sofá de un brinco y apretó la cabeza contra los brazos cruzados de Mar. Oli lo acarició de forma automática, sin dejar de mirarme mientras yo terminaba de explicar torpemente mi decisión. El verano acababa de empezar y había ido a verlas a su piso antes de hacer un último viaje en mi desgastada furgoneta.

En el fondo creo que no les debería de haber sorprendido, con la temporada que llevo. Les veía las caras preocupadas en las videollamadas los primeros meses de encierro pandémico. Se lo notaba en la voz cuando me preguntaban y hoy qué tal y ellas también me lo notaban cuando les decía pues hoy normal. El primer día que en Madrid se pudo salir, «solo a correr para hacer ejercicio», yo corrí a su piso. El plan de nuestro encuentro llevaba días urdido para que yo no tuviera que llamar al telefonillo ni nadie me descubriera. Teníamos preparada la excusa, la operación de entrega de llaves, el falsísimo atuendo de *runner* que nunca he sido. Y a las 19:59 estaba en mi puerta como un perro ansioso esperando al pistoletazo de salida, me daba igual hacer algo poco ético y me daba igual todo ya, cuando dio la hora corrí como no he corrido en mi vida. Corrí calle abajo, desesperada por no poder convertirme en una flecha, habría corrido gritando como una descosida, no sé si de alivio o de puro desgarro. Y cuando llegué y me abrieron la puerta solo me quedé ahí, temblando, incapaz de decir nada.

Tal vez por eso Mar no pudo evitar llorar silenciosamente. Porque no entendía por qué alguien que ha atravesado Madrid sin aliento para llegar a su casa, de pronto decide mover la suya a seiscientos kilómetros de distancia.

Yo no sabía cómo explicarles que me iba porque sentía que había fracasado.

Todos los planes que tenía previstos se habían ido a pique con la pandemia. Me quedé sin trabajo y sin proyectos, y el paro que había estado acumulando costosamente se esfumó mes a mes, mientras pasaba los días encerrada en una habitación que ya no sentía propia, en un piso que hacía tiempo que ya no era mi casa. Nunca me había sentido tan sola, tan perdida. Tanto que, cuando aquello terminó, ya todo había cambiado. Y pensé que con el tiempo la angustia se diluiría, pero lo cierto es que seguía —sigo— agotada. No puedo arrancarme la sensación de que he vuelto a la casilla de salida y no me veo con fuerzas para hacer de nuevo el recorrido, ese recorrido que ya daba por consolidado. Desde luego, no en el mismo lugar. Por eso, para cuando pudimos salir a la calle aquel día, ya había buscado habitaciones de alquiler en tres ciudades distintas con salida a la costa.

Mar se levantó para buscar un paquete de pañuelos y Oli me cogió la mano. La guinda del pastel ha sido Vero, le dije bajito. Ella asintió y me acarició con el pulgar. Se estaba esforzando para no decir lo que yo ya sabía. Que si aún me dolía la ruptura, por qué me mudaba a la misma ciudad en la que vive la persona con la que acababa de romper. La miré, casi desafiándola a que lo dijera. Tenía la respuesta preparada, el listado de razones bien pulido en mi cabeza. En realidad, estaba deseando que me lo preguntara para poder explicárselo. No quería que pensara que me iba porque estaba persiguiendo a Vero. Me daba igual si lo parecía, no era así. Por fin la vi decidirse y coger aire y me tensé, preparada para el contraataque.

—Te voy a echar mucho de menos.

Las palabras que tenía listas para disparar en metralleta quedaron suspendidas en el aire, pasmadas, inútiles. Se me quebró el gesto al encontrar calor en vez de juicio.

Mar se acercó con cuidado y nos abrazamos las tres en silencio. Respiré y traté de memorizar aquel momento que siento como una casa.

En aquel último viaje antes de vender la furgoneta y mudarme a Barcelona, pasé por Valencia para visitar a mi tía Marga, a su novia, y a mi madre y mi padre, que estaban allí pasando el puente de agosto con ellas. Un día antes de llegar, mi padre me llamó.

Aquella fue la primera vez que oí hablar de ella.

—A la comida de mañana va a venir una antigua amiga de tu tía que tiene muchas ganas de conocerte, se llama Teresa Meana. En realidad ya la conociste de pequeña, pero no te acordarás. Es una activista feminista muy reconocida. Búscala en Internet, ya verás.

Aquel nombre ni siquiera me sonaba, así que, como excepción vital y sin que sirva de precedente, hice caso a mi progenitor y googleé a esa misteriosa amiga de mi tía. Me sorprendió ver que el primer resultado fue una página de Wikipedia, en la que leí: «Teresa Meana Suárez (Gijón, 1952) es una activista feminista española, docente y filóloga especialista en lenguaje inclusivo y no sexista.»

Una mujer mayor, de ojos claros y pelo corto y blanco sonreía con amabilidad desde la foto que aparecía junto al titular. El texto continuaba explicando que Teresa había sido profesora de lengua castellana de enseñanza secundaria toda su vida y que lleva militando en movimientos feministas desde 1975. «Se reunía clandestinamente con sus compañeras en la universidad y asistía a asambleas estudiantiles. (...) Durante seis años estuvo en América Latina (...). Viajó junto con otras mujeres (...) siempre recibidas, ayudadas y alojadas por feministas.» A esta información le seguía un largo párrafo que destacaba algunas de sus publicaciones y conferencias, para concluir: «Desde que llegó a Valencia, Meana participa activamente en la Casa de la Dona. En 2018 fue reconocida como hija adoptiva de Valencia por haber desarrollado su activismo en la ciudad con el objetivo de crear una sociedad más inclusiva, abierta y feminista.»

Pensé: Guau, qué vida tan emocionante y llena de logros. Pero también pensé: Huy, activista feminista y blanca de 70 años, ¿tendrá un posicionamiento de odio contra las personas trans? ¿Qué pensará de mí por ser bisexual?

Todo esto que pensé —y que arrastro conmigo por mucho empeño que le ponga a no ser una maldita prejuiciosa, porque la que se juzga duramente a sí misma acaba juzgando del mismo modo a las demás, o eso dice mi psicóloga, pero qué sabrá ella— se vino abajo con el primer abrazo que me dio Teresa en la soleada terraza de mi tía. Me abrazó como si llevara años sin verme, porque claro, es que llevaba años sin verme. Y al soltarme, empezó el torrente: Teresa habla y habla sin parar, y pregunta y pregunta sin parar. No es indiscreta, pero tampoco le importa serlo y la voz tan tierna que tiene contrasta con su descaro socarrón. Se había leído algunos de mis artículos y le habían encantado, me contó que se había dado cuenta de algunos prejuicios hacia las bisexuales que ella y sus compañeras tienen como lesbianas y me los enumeró uno a uno, entusiasmada; me enteré de que, de joven, fue amiga de Amelia Valcárcel, pero que «ya no quiero verla ni en pintura, porque se ha vuelto tránsfoba y ha perdido totalmente el norte». Me hizo preguntas. A mí. Una activista histórica, mayor, que ha luchado en los años postdictadura, me preguntó cosas *a mí* para aprender *ella*. En lo que duró la comida, apenas nadie más pudo meter baza, aunque me pareció pillar a mi tía esbozando una media sonrisa al servirle a Teresa un segundo vaso de vino.

Cuando llegamos a la sobremesa, comenté que al día siguiente volvería a Madrid para recoger a mi amiga Ángela y viajar juntas unos días por el norte. Inmediatamente, Teresa nos invitó a visitarla a su pueblo de Oviedo. Nos podía dejar la casa e irse ella a la de una amiga, dijo. Yo no entendí por qué ella tenía que dejar su propio piso para acogernos como invitadas y le dije que no hacía falta, pero ella insistió y, sin hacer pausa alguna, saltó al siguiente tema de conversación.

Esa noche rescaté de la furgoneta *Como vaya yo y lo encuentre*, de Mar Gallego, y hurgué entre los pasajes que tenía subrayados. Algo me había movido en el encuentro con Teresa, pero aún no sabía el qué. De forma intuitiva acudí a este libro. Me obsesiona la forma en que Mar desempolva y defiende las historias que, por estar vinculadas a lo cotidiano y a lo doméstico, no se han considerado dignas de recordar. Hojeé sin saber bien qué buscaba hasta detenerme en una frase que había subrayado en mi primera lectura del libro: «Algunas sentimos que, para que nuestra autoestima se repare, para que las identidades oprimidas sean protagonistas, tenemos que cambiar la mirada.» Esta última palabra estaba rodeada varias veces a lápiz, con el trazo rápido de la urgencia. «Y esto solo será posible cuando el libro de recetas de nuestra abuela sea colocado en la historia del saber al mismo nivel que una tesis académica».

Mi abuela nunca ha tenido un libro de recetas. Tampoco el reconocimiento de un trabajo remunerado, aunque haya pasado décadas deslomándose en casa. Tal vez por eso no se siente en potestad de dar su opinión o de contar una historia. ¿Qué valor tendría? Las mujeres menos vistas de mi familia son las que poseen los rasgos que más me arrastran hacia ellas. Pero estos son los rasgos de un camino sin salidas posibles al éxito, marcas de vergüenza a la que sobreponerse para demostrar quién eres *a pesar de*. Algunas palabras resaltaron en el libro aquella noche como si fueran a despegarse de las páginas y tomar cuerpo propio: autoestima, reparación, protagonistas. Mirada. Las sentí desmenuzarse en mi pecho como arena y formar otra que se retorcía, incomodándome como venía haciéndolo hace tiempo: fracaso.

La información disponible sobre Teresa Meana en Internet hace referencia a su activismo, sus charlas por el territorio español y Latinoamérica, sus publicaciones, sus logros. Sin embargo, los relatos «cotidianos y ordinarios» no aparecen en su recorrido público, a pesar de haber marcado profundamente sus prácticas. Con quién vive, de qué manera, quiénes fueron sus amigas, sus amantes, cómo era su día a día, cómo sobrevivió a los desgarros o a las despedidas. Esa mañana de verano en la que consulté Wikipedia antes de ir a casa de mi tía, el relato sobre Teresa al que accedí fue un relato de éxito: que si ganó tal premio, que si dio tal conferencia. Y a partir de ese relato, asumí, saqué conclusiones que luego (sorpresa) resultaron no ser acertadas y me quedé con un vistazo superficial que, en realidad, no me servía más que para alimentar esta sensación tan aplastante de fracaso que llevo rato arrastrando.

Se supone que a estas alturas de la vida debería tener cosas que aún no tengo. Eso es lo que nos dijeron. Cierta solidez en mi recorrido laboral, estabilidad económica, la seguridad de saber hacia dónde me dirijo. Un plan. Y nunca he querido realmente la mayoría de estas cosas, porque estaba convencida de que encontraríamos una alternativa. Pero el tiempo pasa y esa alternativa no aparece, o no la hemos hecho aparecer. No tengo nada a lo que agarrarme y siento que es culpa mía por habérmelo creído. A mi alrededor, todo el mundo ha hecho su vida como ha podido: Oli y Mar viven juntas como pareja, Ángela está acabando el doctorado, y mientras tanto yo solo estoy fingiendo que sé lo que hago, esperando a que se den cuenta del fraude que soy. Ni siquiera en soledad soy capaz de verbalizarlo, de posar las palabras sobre el discreto refugio que ofrece el papel. No puedo admitirlo, no podría porque es horrible. Me aterroriza la posibilidad de ser descubierta.

Respiré y seguí leyendo a Mar Gallego para ahuyentar estos pensamientos. «Al excluir los cuidados de nuestros relatos deseados de vida y convertirlos en mero atrezo, las excluimos a ellas como referentes y despreciamos lo que pasa en el orden de lo cotidiano». Recorrió mi pecho un hormigueo que ya conocía bien y que, desde hace un tiempo, me cuesta distinguir si es ansiedad o emoción. Pero no aquella vez. Saqué el móvil y escribí a Ángela. Teníamos que ir a ver a Teresa a Oviedo. Si en los relatos de su cotidianeidad podíamos encontrar algo de esperanza, algo que arrojara siquiera una mínima luz en esta angustia claustrofóbica, había que escucharlos. En mi forma de mirarla, de mirarme, había algo que me estaba perdiendo. No quería ir a ver a Teresa en una charla de una jornada de nosequé: quería ir a su casa y escuchar lo que le apeteciera contarnos. Quería escarbar y desenterrar con las manos lo que se me había movido ese día. Aparté el libro, apagué la luz y me acurruqué sin una pizca de sueño.

Antes de caer dormida, volvió a mi mente la luminosa imagen de Teresa aquella tarde, con un vino en la mano, partiéndose de risa por no querer ver a Amelia Valcárcel ni en pintura.

En Barcelona los mosquitos no tienen piedad. Muerden con mucha más saña que en Madrid, que de tan seca los asfixia, y como estamos en septiembre aún siguen todos vivos. Tengo un picazón en el muslo que empezó chiquitito, un pellizquín, al principio no me había dado ni cuenta. Me lo fui frotando inconscientemente y ahora el veneno se ha extendido y el bulto se ha agrandado. No he sido consciente hasta que se ha puesto del tamaño de una moneda y ahora es tan insoportable que no entiendo cómo no lo he visto antes. He pasado de no enterarme a estar completamente obsesionada con esta picadura a la que ya le está saliendo herida de tanto rascar. Rasco y rasco y rasco y cuanto más rasco más tardará en irse, pero no puedo parar. He buscado el amoniaco entre las cajas de la mudanza desordenándolo todo y cuando al fin he dado con él, el escozor me ha sacudido una pequeña descarga de punzante placer, pero el alivio solo ha durado unos segundos y rápidamente ha desaparecido. Ya no recuerdo cómo era sentir mi muslo sin esta sensación tan espantosa. Aunque sé que no es verdad, siento que se va a quedar ahí para siempre. Me tiene harta, no lo aguanto, no puedo disfrutar de nada sin notar su ardor insoportable, ni siquiera de romper a llorar. Le he dado una patada rabiosa a la caja e instintivamente he mirado hacia la ventana por si alguien me ha visto hacer semejante estupidez.

La última vez que me sentí así fue de camino a buscar a Ángela a Madrid. Desde allí iríamos juntas al prometido encuentro con Teresa en su pueblo de Oviedo, la escapada final del verano antes de mudarme aquí. Un picotazo tremendo sobresalía de mi muslo como una diana en carne viva y a ratos conducía con una mano y me rascaba con la otra. Ángela necesitaba ese viaje como agua de mayo, porque entre el doctorado y haber vuelto a casa de su madre, tampoco tenía mucho tiempo para el ocio. Cada vez que sacaba algún rato libre, era vital aprovecharlo al máximo aunque, siendo como es ella, esto tampoco suponía nada fuera de lo habitual. Nuestros encuentros podían empezar con un paseo y terminar en un robo de libros en unos grandes almacenes. La habitual impenetrabilidad de Ángela, siempre sumergida en un mundo suyo del que Oli, Mar y yo solo atisbamos destellos, permitió desde el principio una conexión entre ambas tan intensa como improbable, un entendimiento mágico y divertidísimo. Su lenguaje es el de un silbido en otro rango auditivo y, si alguien puede sostener un silencio incómodo o mentir descaradamente para colarse en algún lugar prohibido, esa es Ángela. Cómo puede alguien parecer tan misteriosa y a la vez ser una mamarracha sin ningún tipo de vergüenza es algo que escapa a mi comprensión.

Y, sin embargo, en mi errático recorrido por la península antes de ir a buscarla, estuve a punto de cancelar varias veces. Llevaba ya mucho tiempo arrastrando ese saco de angustias cuando fui a buscarla. Agotada, entumecida sin admitírmelo, ni a mí ni a ella ni a nadie, y sin querer acercarme a esa verdad sepultada bajo horas de mirada clavada en la pantalla del móvil, de bajar y bajar por el feed de instagram como quien baja y baja cada vez más hondo en un pozo alumbrado por feos fluorescentes. Como no estaba oscuro, me quedaba ahí, aunque me dañara la vista. Y seguía bajando, sigo bajando, casi sin darme cuenta. Fotos de vacaciones, memes, vídeos, noticias desoladoras. No había sido capaz de decírselo, tampoco sabía cómo. Qué tendría que decirle exactamente. Desconozco cómo agrietar este muro que me he construido y que solo sé decorar con consignas huecas. Me escondo y me aferro a lo social para no tocar lo íntimo. Como lo personal es político, me refugio en lo político y me autoengaño afirmándome que cuenta como personal. Y no es que sea mentira, pero sé de sobra que estoy regando de más una parcela mientras las otras se marchitan.

A veces pensé en escribirle, en contarle cómo estaba antes de nuestro encuentro. Al fin y al cabo, ella tiene la luna en Piscis y sé que lo entendería, pero me paralizaba la vergüenza. No podría soportarlo si esta mudanza resulta ser otro error. Tampoco quería admitirle que, en el fondo, sigo con la esperanza de encontrar en Vero un sostén —el que sea— dentro de este nuevo comienzo en Barcelona. Me vale todo lo que no sea estar sola contemplando mis propias ruinas. La psicóloga me dice a veces que no sé estar triste porque no sé estar quieta. La muy cabrona. Me habría gustado decirle a Ángela que en aquel momento, antes de ir a buscarla, no me podía permitir estar quieta ni mirar a ningún lugar que no fuera el frente y, como no le presté atención, el nivel del agua fue subiendo más y más hasta que, al llegar a su portal, el embalse estalló. Se desbordó. Y no tuve más remedio que parar y dirigir la mirada por primera vez a aquel abismo. Detuve la furgoneta frente a su edificio y rompí a llorar. Quisiera tenerla delante ahora y decirle: ahí fue cuando me encontraste, Ángela, al salir por la puerta con tu maletita rosa. Me encontraste y yo no podía disimular porque ya no me cabía la vergüenza en ningún sitio, pero tú nunca me pediste explicaciones, solo llegaste corriendo, abriste la puerta y me abrazaste fuerte.

Un par de días después, entramos en la provincia de Oviedo con la furgoneta trastabillando por la carretera. Según nos acercamos al pueblo de Teresa, instintivamente llevé mi mano al muslo para rascarme la picadura, pero mis dedos solo encontraron piel suave. Tanteé y arañé un poco con las uñas, intentando dar con esa familiar sensación de picor para poder aferrarme a ella, pero ya no estaba. Sentí el respingo de pisar sobre vacío. Había debido de desaparecer al menos hacía un día. No podía ser. Tan obsesionada que estaba y ni siquiera me había dado cuenta de cuándo se había ido. Aparté la mano del muslo y la coloqué sobre el volante, junto a la otra. Respiré, miré al frente. Ángela estaba absorta en sus cosas, como hace a veces cuando está a gusto y se marcha flotando lejos. La vi por el rabillo del ojo observando el paisaje a través de la ventanilla. Y entonces percibí todo mi alrededor, el ronroneo del motor y los pequeños sonidos que lo salpicaban, el tintineo de los objetos colgados en la parte de atrás. Ante nosotras se abría paso un bosque de abedules altísimos y en el cielo despejado pude captar el último revoloteo de una bandada de pájaros que ya se habían ido. No le dije nada, no hacía falta. Suavemente, apreté un poco más el acelerador. La furgoneta desapareció, engullida por el bosque, dejando tras de sí un silencio lleno de posibilidades.

Era media tarde cuando aparcamos la furgoneta junto al edificio de cuatro plantas. Bajamos de un salto al asfalto y nos limpiamos el sudor sobaquero con toallitas húmedas para tapar el olor, porque ni una sola nube había aparecido para darnos tregua en todo el viaje. Bebimos agua y nos cambiamos la camiseta en la calle. No queríamos presentarnos a este encuentro hechas un esperpento.

Teresa nos había indicado que la llamáramos por teléfono cuando hubiéramos aparcado y que subiéramos a la última planta. No nos había especificado a qué puerta. Arrastramos las maletas hasta el ascensor y pulsamos el número 4. Las puertas se abrieron con un fino chirrido, mostrándonos un rellano con cuatro apartamentos. Al asomarnos, vimos que Teresa nos estaba esperando en el del fondo, con la puerta abierta: «¡Chicas, qué alegría! ¡Pasad, pasad!» Y, sin darnos pie a responder, señaló el resto de puertas y nos dijo: «¡Ahora os enseño todas las casas! Ahí vive Dolores y ahí vivía Begoña. Y ahí enfrente, María José».

Tardé unos segundos en comprender lo que nos estaba diciendo.

Entre todas las amigas se habían hecho con la cuarta planta entera del edificio.

Miré a Ángela, que se había detenido. Ella me miró también. Ambas entendimos. Reconocimos el vuelco que nos estaba sacudiendo en los ojos de la otra. Fue solo un momento, pero bastó para saber lo que significaba. Nosotras, que llevábamos años hablando con nuestras amigas de esa idea tan recurrente, vivir y envejecer juntas, de repente lo teníamos ahí mismo: la prueba material de que esto no era una fantasía sino algo posible, realizable, enfrente de nuestras narices. Un hormigueo me recorrió la columna vertebral, aligerando un peso al fondo de mi estómago. Si Teresa y sus amigas lo habían hecho, entonces tal vez nosotras también podíamos. En la mirada que me lanzó Ángela vi que tal vez ese miedo a no ver un futuro podía encauzarse, porque había un lugar hacia el que dirigirnos. Teresa nos acababa de regalar la prueba viviente de que podemos soñar con una casa donde construir una vida con nuestras amigas.

Totalmente ajena a nuestra catarsis emocional, Teresa nos enseñó su piso muy contenta, hablando atropelladamente, aquí está la tostadora rosa que me regalaron las amigas de la Casa de la Dona, veréis la estantería que está llena de libros, ya no sé ni dónde ponerlos, y mis tazas de feministas históricas, os voy a regalar una a cada una, la que queráis menos la de Virginia Woolf porque esa es mía, esa no porque a esa le tengo mucho cariño, ay oye y si tenéis frío me decís, yo me he hecho la maleta para irme a dormir a casa de María José que está fuera, venga dejad las cosas que os lo enseño todo, ya veréis, ya.

Nosotras, atropelladas por semejante chorro de energía, dejamos las maletas tiradas de cualquier manera y la seguimos mientras iba sacando las llaves de las casas de sus amigas y nos hacía el tour completo. Todas tienen las llaves de las casas de todas, todas tienen pertenencias en casas de las otras. Teresa pasó de un piso a otro enseñándonos los espacios en los que viven sus compañeras de vida con el cariño de estar presentándonoslas a ellas, a quienes no habíamos visto nunca pero que fuimos conociendo a través de los cuadros que tienen colgados, los libros y cuencos que reposan sobre sus mesas o las plantas que han escogido para decorar el balcón.

Una hora después, Teresa nos servía sidra en su terraza favorita. Pasamos la tarde friéndola a preguntas sobre la convivencia con sus amigas. Estábamos totalmente aferradas a esta posibilidad y, como las neuróticas que somos, necesitábamos que nos fuera dando instrucciones para visualizar cómo podría hacerse. Ella estaba encantada de respondernos, pero cada vez que lo hacía, la conversación se ramificaba, transportándonos hacia otros lugares de su vida y nosotras quedábamos fascinadas con cada nueva revelación. Fue así como descubrimos las historias increíbles de casas imposibles que no salían en aquella página de Wikipedia. Casas en sentidos más literales o más simbólicos, pero casas al fin y al cabo. Casas que Teresa nunca habría habitado de no ser lesbiana y feminista. Aquel día supimos que ella y sus amigas montaron La Santa Sebe, el primer bar queer de Asturias en plena década de los '80. Que, tras cerrar el bar y trasladarse a Latinoamérica, en Santo Domingo las metieron en la cárcel y estuvieron presas unos meses. Y que, desde hace más de diez años, convive con esas mismas amigas, en el pueblito en el que nos encontrábamos en ese momento —al menos durante la mitad del año: la otra mitad la pasa en Valencia con otro grupo de amigas. Yo intentaba retener todos los detalles, pero sus historias me arrastraban como una corriente de agua fresca y solo me permitían disfrutarla. La sidra seguía estrellándose suavemente contra el vaso mientras Teresa nos contaba, relajada y sonriente, la maravillosa historia coral de su vida.

Aquella noche, tras despedirnos en el descansillo, Ángela cerró la puerta y se giró con ojos brillantes:

—Tía. ¿Te imaginas si esto lo supiera más gente?

DOS

Seremos nosotros
Un día nada más
Podemos ser héroes
Un día nada más

Parálisis Permanente / David Bowie

El día había empezado bien. Decidiste ir a desayunar fuera para celebrar que habías podido salir de la cama como se debería salir de la cama. Casi como se sale de la cama en las películas. Te asombraste al encontrar ligereza, una suave somnolencia que no te agarra de los pelos de la nuca tirando hacia abajo, hacia abajo. Aprovechaste incluso para hacerte la raya del ojo (¡naranja! estamos que lo tiramos) y ponerte una camisa limpia que huele bien. Es una camisa blanca, con estampado de flores de ese color aguamarina con el que destella el mar en las playas mediterráneas antes de plagarse de turistas en verano. Empezó a llover y pensaste: venga, así después de comer termino de deshacer las cajas.

Te lo creíste de verdad.

Terminas el paquete de macarrones y rebañas el frasco de cristal de tomate frito. Dejas todo fregado con cuidado, ignorando con cierto esfuerzo la pila de platos sucios que ha dejado una de tus nuevas compañeras de piso. Antes de que te alcance la modorra de después de comer (una puerta tentadora pero que últimamente esconde tras su umbral un precipicio por el que luego es imposible trepar de vuelta a la superficie), decides ponerte manos a la obra. Abres caja tras caja y empiezas a colocar todo ordenadamente sobre la cama para poder decidir después su lugar en tu habitación. Pero pronto entiendes que no va a caber todo: tu habitación es minúscula y solo está equipada con un par de baldas y un armario estrechísimo. Te viene a la mente la edad que tienes. No pasa nada, aprovecha que estás sola y pon algo de música.

Dedicas diez minutos a decidir qué escuchar, no estás segura de qué quieres. Vas pasando, pasando, pasando viejas listas y al final cierras el ordenador en un golpe seco. Da igual, déjalo. Acaba con esta tarea cuanto antes, antes de que te atrape. Sigues sacando tus pertenencias de las cajas, ya sin rastro de esa sensación de serenidad. Pruebas a colocar los libros aquí, luego allá, después te llevas algunos a la sala, vuelves, la ropa de invierno sobre la cama, a ver dónde la metes, vas y vuelves revolviéndote como una bestia en una caja agujereada.

Tu minúsculo depósito de combustible se agota. Se detiene la maquinaria. Te dejas caer sobre la cama, rodeada de ropa, cuadernos, recuerdos.

Se despierta ese fogonazo punzante de tu esófago antes que tus mejillas o la punta de tus dedos. Aún no hay nadie en casa. El piso de cincuenta metros cuadrados que compartes con dos desconocidas se te cae encima. Tu habitación está hecha un desastre. El único espacio del que emana un poco de calma es el balconcito, pero la lluvia, que ahora cae con fuerza, te ha cortado ese recurso. En tu balda de la nevera solo queda un tupper con sobras de macarrones, algunas verduras sueltas y medio brick de leche de avena, porque hace días que tenías que haber hecho la compra pero se ha convertido en una tarea inabarcable. Son las seis de la tarde y ya sientes que podrías meterte en la cama hasta mañana. Estás paralizada y sin energías y a la vez atrapada en este estado del que necesitas salir.

a) Si llamas a una amiga para hablar, ve a la página 46.

b) Si decides ver una serie insulsa y disociar, ve a la página 48.

c) Si aprovechas que estás sola para conectar contigo, encender unas velas y meditar, ve a la página 49.

Antes de llamar a nadie, escribes un whatsapp, porque no estamos en 1985.

«Holi, alguien puede hablar un rato??»

Esperas.

info del mensaje > entregado > leído por Ángela

«Estoy entrando a una reunión con mi tutora, perdón! Luego os leo»

«Valee no te preocupes, mucho ánimo!»

info del mensaje > entregado > leído por Ángela y Mar

Mar no responde.

Pasa un buen rato.

Nadie responde.

a) Si escribes «Da igual, no os molestéis», ve a la página 47.

b) Si no escribes nada más, ve a la página 51.

(El siguiente mensaje de Mar te llegará cuatro horas después:

«Perdona Eli, me han citado desde la mutua por lo de mi baja y he estado toda la tarde con muchísima ansiedad, Oli me ha estado cuidando. Estás bien??»

Lo leerás a la mañana siguiente.)

A ver, querida. Puede que estés mal, pero nunca hablarías así a tus amigas. Ellas son increíbles y te quieren y, debajo de todas tus capas de agotamiento y sensación de absoluta soledad, esta es una de las pocas verdades sagradas de las que estás segura.

Vuelve a la página 46.

Ojos vidriosos como de lagarto viejo, como de fondo de laguna, una lejanía honda. Tus ojos de ahora son unos ojos que no pueden encontrarse en tus fotos de infancia.

Un despeñadero árido los músculos de tu espalda, contracciones rocosas fruto de la posición fetal desde la que te anclas a la pantalla. Fruto de no mirar, cuando caminas, ni una sola vez al cielo o a la ropa tendida en los balcones.

Risas enlatadas y chistes misóginos. Tu serie de confort dice más de ti que tu libro favorito.

Nadie sabe que estás aquí, que estás así.

Cada vez que aparecen los créditos al acabar un episodio piensas en hacerlo.

Hasta que al final

vas a la página 51.

Enciendes un par de velas perfumadas, enchufas tu guirnalda de lucecitas y buscas en el ordenador music for meditation. Te sientas cómodamente sobre tu colchón. Estiras la espalda y el cuello para que pase el aire. Inspiras siendo consciente de tu respiración y espiras despacio. Los pensamientos no se agolpan en tu mente, sino que fluyen con suavidad por el río de tu consciencia, los observas, los dejas ir. Todas tus preocupaciones se tornan minúsculas al abrir tus sentidos al entorno y te haces pequeña en la inmensidad que implica existir. La ansiedad desaparece por completo.

a) Si ves factible que esto ocurra cuando alguien está en semejante estado de desquicie, ve a la página 50.

b) Si no te lo crees, ve a la página 51.

A partir de aquí meditas todos los días sin fallar ni uno solo, desayunas cada mañana tostadas con aguacate premium recién comprado en el mercado, escribes cada noche en tu *journal* (¡no es un diario!) y el abismo desaparece para siempre porque si quieres puedes y la solución siempre estuvo en ti y solo en ti.

FIN[1].

[1] Fin de esta sarta de tonterías.

En realidad, lo llevas pensando desde ese primer desasosiego torcido después de comer.

Ya te sabes los clichés, lo que dicen sobre escribir a tu ex. Pero llamar «ex» a una persona de la que te has desvinculado hace apenas unos meses es como decir «el año pasado» cuando aún es diez de enero.

La persecución de algo parecido a una casa te arrastra al autoconvencimiento de que ver a Vero ahora será algo constructivo para las dos.

No has venido a esta ciudad por ella, pero ella es todo lo que tienes aquí.

Ve a la página 52.

«Hola, estás ocupada? Te apetecería quedar?»

La primera noche que paso en casa de Vero tardo en dormirme cincelando el relato para contarles a mis amigas. Expondré los hechos sembrando deliberadamente algunos detalles que luego hilarán con las explicaciones lógicas y así cerraré la historia sin fisuras. Como cuando ya sabes que vas a cancelar un plan con la excusa de que te encuentras mal y unas horas antes toses un poco, o dices «huy, me está empezando a doler la cabeza». Al pensar estas cosas me pregunto si mi psicóloga habrá detectado en mí algún rasgo de psicopatía y está esperando el momento oportuno para comunicármelo. Soy más hábil con la justificación de mis propios actos que con la estructuración de un libro de autoficción. Podría haber sido abogada o política, pero siempre me ha gustado un buen autosabotaje.

Pero Oli, Mar y Ángela no nacieron ayer. Cuando me preguntan por el grupo de whatsapp qué tal y procedo a exponer mi tesis doctoral en formato audio de cinco minutos sobre por qué estar saliendo de casa de Vero a la mañana siguiente es algo positivo y en absoluto conflictivo, ellas me responden en tono cálido, pero claramente sin comprar la versión chapucera que les estoy intentando vender. Todas sabemos que es un teatro y aun así soy incapaz de decir: mirad, sé que esto no me hace bien, pero ahora no sé hacerlo de otro modo. Soy incapaz de admitir lo que está a plena vista. Me traiciono con esa lente distorsionada que me hace creer que mi autojuicio es proporcional al juicio que voy a recibir desde fuera. Así, al tratar de adelantarme a sus posibles reacciones, me precipito, meto el pie en el láser como una ninja de tres al cuarto y saltan las alarmas que me dejan al descubierto. Un discurso demasiado pulido huele a podrido. Esto también lo he aprendido con el activismo, lo aprendí por las malas con Ann. Esas palabritas tan deliberadamente perfumadas se convierten en la señal fluorescente de un ahínco por demostrar que lo estás haciendo bien, que lo estoy haciendo bien. ¡Lo tengo bajo control! ¡¡Bajo control!! ¡Mira este power point sobre lo sanas y responsable que son mis decisiones! Jaque mate, Brigitte Vasallo.

Con Vero también lo hago. En ese sentido soy muy democrática, no discrimino a nadie de mi autoengaño. Yo la busco, pero ella también a mí y con eso me basta. No le hizo ninguna gracia que decidiera mudarme aquí, menos aún que le propusiera quedar, porque amiga, las dos sabemos dónde están nuestros puntos flacos. Concretamente, en el fruncido de la comisura de sus labios y en la intensidad de una historia que ya se ha forjado como trágica, y por tanto terriblemente adictiva. Sus explosiones de ira y mis cortes gélidos: dos buenas patas para ningún banco. Quiero que seamos amigas, le digo, porque es verdad, aunque aún sea pronto para que sea verdad del todo. Y aunque en el fondo algo en mí sabe que no estamos dejando respirar el duelo, que para que deje de humear el motor hay que apagarlo, la falta de oxígeno no da lugar a perspectivas cuidadosas, así que me aferro a lo que he decidido que son mis cabales. Por eso en nuestras discusiones —como la que estalla esa misma tarde, cuando quedamos en mi piso para hablar de lo de anoche— siempre me digo a mí misma que lo que quiero es solucionarlo, pero en el fondo lo que quiero es que entienda que mis actos son una reacción a los suyos. Que ha hecho algo mal y lo que yo haya hecho mal era la única respuesta posible a sus salidas de tono. Además, ya les he dicho a mis amigas que estamos bien, no voy a cambiar el relato ahora y dejar al descubierto la obviedad de sus fisuras. De repente, ni abogada ni política: soy ilusionista y me he convertido en mis padres. No será a mí a quien tomen el pelo otra vez, ya no voy a volver a pasar ni una, no señor. Esto ya lo dejé bien claro hace años cuando ~~dejé a~~ huí de Ann. El equipo de salvamento de conciencia se lanza a la misión, twist, doble vuelta y cerramos con un frío «si te pones así, es imposible hablar». La torre de control en mi cabeza obsesiva aplaude: otro alunizaje sin más daños colaterales que un portazo y un puñado de lágrimas.

Teresa me toma de la mano y me transporta a 1983. Ese año nacía en la ciudad de Oviedo un espacio nunca visto en Asturias: un bar que se convertiría en casa para quienes, como ella, no podían acudir a ningún local de ocio sin miedo a que les agredieran. Apenas unos días antes de Navidad, ella —que tenía treinta y un años—, María José, Doni y tres amigos más abrieron con ilusión las puertas de La Santa Sebe. Aprieto el botón de la grabadora y Teresa comienza a hablar.

Fue un proyecto mixto. Es decir, tres amigos gays, una amiga hetero y dos lesbianas. (...) Mientras estábamos en la facultad, toda la vida pensábamos «algún día tendríamos que poner algo, podríamos poner algo», me acuerdo que venía alguien de Londres: «pues en Londres hay un bar» —que está en Chelsea, ya no creo que exista, se llamaba el Chelsea Kitchen— «y se pone la música altísima y te sirven por ejemplo lentejas. Tenemos que poner un sitio así». Todo sonaba como moderno, ¿no? Londres. Entonces siempre pensamos en poner algo porque Oviedo era una aldea, esas cosas...

Era el año '83, yo llevaba trabajando de profesora cinco años o seis. Había estado ya en un instituto en Grau,

en Gijón y en Mieres, sí. Cinco años llevaba trabajando. Entonces de repente... éramos gente muy amiga, que quedábamos todos los días, que salíamos de noche todos los días... entonces pensamos en poner un bar. Además lo hablábamos así, un bar que fuese de copas y que tuviera música buena, la que nos gustaba, y donde nos tratasen bien, no como nos habían tratado toda la vida, eso sí que fue deliberado. Me acuerdo que era... «¡y si nos piden un vaso de agua se lo damos!»

Llegaba a haber mil y pico personas. Porque fue el boom, el boom. Fue el primero. Era el año '83. Luego hubo muchos, pero fue el primero, La Santa (...) Nuestra idea era que la gente que fuese lesbiana y gay se sintiese como en casa. Que tratásemos a la gente como a nosotras nos hubiera gustado que nos trataran, ¿no? Como se dice ahora cuando se dice que un sitio es gay-friendly, eso que se dice ahora, ¿no? O yo qué sé, vas al País Vasco y ves un cartel: «Pedimos que la gente se manifieste como sea, públicamente como es, sin problema», pues eso, claro, no existía en el año '83. Fue el primer espacio, por así decir, de libertad de siéntete como... al otro lado de la barra. Tú podías ser una lesbiana que fuese sola y sabías que te sentías bien porque al otro lado de la barra estaba gente como tú, ¿no? Que éramos nosotras.

Teresa atraviesa el umbral oscuro de un local un domingo a las once de la mañana y observa el espacio a su alrededor, entrecruzando los dedos. Nadie nota su presencia translúcida avanzando suavemente, apenas un soplo de aire que se cuela por la rendija de la puerta desde la soleada calle del barrio de Sants. Frente a ella, una pequeña pista de baile se extiende diáfana y a un lado, la barra. Montones de sillas descansan apiladas en torrecillas contra una de las paredes para no molestar al aún ausente público. Del techo cuelgan hileras de lucecitas que se encuentran en algunos puntos para luego seguir cada cual su camino hasta la siguiente viga. La mirada azulada de Teresa recorre una de ellas, que llega hasta el fondo de la sala y se descuelga por el borde del estrecho escenario de madera. Una persona de melena negra recogida en un moño y andares seguros lo cruza a zancadas, haciendo eco en ese silencio previo a que pase algo mágico. Se planta frente al equipo de sonido, donde empieza a toquetear botones frunciendo un poco el entrecejo. En ese momento, la puerta se abre detrás de Teresa y esta se gira con curiosidad.

Entro al local atacada de los nervios, lista para mi primera *jarana* como parte del colectivo de activismo bisexual del barrio. He tenido mil trabajos precarios a lo largo de mi vida, pero ninguno en un bar y hoy esta gente va a descubrir que con treinta años no sé tirar una caña. Yara levanta la mirada desde el equipo de sonido y su ceño apretado se deshace suavemente como un lazo, sus cejas se alzan y sus brazos también y con las mismas zancadas decisivas se acerca a mí, sonriente:

—¡Mariconchi! ¿Qué tal, cómo estás? ¿Quieres un vasito de agua?

Antes de mudarme a Barcelona di, a través de las redes sociales, con este colectivo y con los encuentros queer (bautizados como *jaranas*) que organizan algunos domingos a mediodía, en el mismo local donde a menudo celebran sus asambleas. Cotilleaba los carteles que publicaban con una mezcla de ilusión y miedo, sin estar muy segura de si encajaría en un espacio así. Una de las primeras noches después de la mudanza decidí dar un paseo hasta el local. Así lo llaman, *el local.* Todo estaba cerrado, la persiana metálica bajada y sujeta con candado al suelo. Solo se oían los ladridos lejanos de perros en el parque y la música suave de una guitarra que alguien tocaba desde algún piso. Grabé un vídeo corto y lo subí a instagram, etiquetándoles. Al rato, recibí un mensaje de una tal Yara, dándome la bienvenida al barrio e invitándome a venir a la próxima jarana. Una puerta abierta, un haz de luz, un vaso de agua codificado en ceros y unos.

—No conozco a casi nadie en Barcelona —le escribí, intentando no sonar muy patética.

Yara me mandó un solecito con su respuesta: «Esto se acaba hoy».

Pocas semanas más tarde, tiro mi primera caña. Una caña con más espuma que cerveza, una caña lamentable y valiente como la estampita sagrada de la celebración del fracaso en aquel local a reventar de gente. Mientras me esfuerzo por recordar cómo se corta una naranja en trocitos adecuados para un vermú, hecha un manojo de nervios, se me acerca una persona de aspecto tímido y me pregunta si puede cortar naranjas conmigo. Se llama Gabi. Yo decido ir con la verdad por delante y le digo que sí, pero que estoy haciendo un destrozo porque es mi primera jarana y me siento muy insegura. Él me mira abriendo mucho los ojos: «¿En serio? ¡Yo también! Es mi primera jarana.» Y aquí nos refugiamos, en la esquina de las naranjas, volcando inseguridades en cada cuchillada desatinada. «Yo es que salí del armario como bi hace nada». «Yo salí hace años y aun así a veces me siento una extraña en estos espacios». No siento la pulpa pegándose en mis dedos ni el picor del cítrico escociendo las heriditas que acorralan a mis uñas mordidas por la ansiedad. Lo que siento en este momento es alivio.

Nos quedamos en silencio y solo se oyen los cuchillos haciendo chorrear el jugo contra la tabla de madera. Con cada ácida tajada me vienen a la mente todos aquellos lugares supuestamente seguros en los que me vi forzando bromas llenas de veneno hacia mí misma para encajar; descubriendo que no todas las letras del colectivo LGTBIQA+ éramos bienvenidas; entendiendo inmediatamente y sin que nadie me lo explicara quiénes eran las figuras cuya voz importaba y quiénes no; callándome ante bromas que usaban mi identidad como saco de boxeo; angustiada frente al espejo del baño por no tener el aspecto adecuado; notando en mi pecho una aridez rasposa, sed, mucha sed. Dejo el cuchillo un momento, me aparto el pelo, bebo un sorbito de agua.

«Que tratásemos a la gente como a nosotras nos hubiera gustado que nos trataran, ¿no?»

Teresa dice que te sentías bien porque al otro lado de la barra había gente como tú. Pero algo me remueve. ¿Qué hace que alguien sea como tú? Pienso en aquella primera jarana, en cuándo se fue realmente el miedo. Tal vez es que, en esos primeros segundos frente a la barra, lo importante no era solo ver a esa persona, sino que esa persona también te viera a ti.

Para que haya reconocimiento tiene que haber siempre dos miradas.

Al otro lado de la barra, un domingo cualquiera, Yara vierte agua fresca en un vaso de cristal y hay un destello. La casa se despliega, las puertas se abren, el pecho afloja.

«Esto se acaba hoy».

Teresa sonríe desde otra década.

Sin puertas abiertas, ¿puede ser casa?

«Roba Estesa tocan en Barcelona!!» me ha escrito Yara por whatsapp seguido de un montón de emojis de destellos y piñatas de fiesta que se abren espolvoreando confeti. En la jarana sonó un tema suyo mientras descansábamos fuera, después de una maratón de bailar como descosidas, en ese momento dorado de la tarde en el que se exaltan todas las emociones y parece que has nacido para estar viva justo ahí, vibrando alto y agitando el cuerpo en todas direcciones. «¿Has ido a algún concierto suyo?» alzó la mirada mientras se subía la cremallera de la chupa. Le dije que sí, que había ido a varios. No le dije con quién.

Hoy, semanas después y con el vacío instalado de nuevo en el fondo de mi estómago, contemplo con pavor su mensaje y el subyacente letrero «En línea», que delata al otro lado a unos ojos ávidos de una reacción entusiasmada. Se piensa la pobre que me está dando una alegría. Y tengo que contestar rápido, pues ella también ve que estoy en línea y no quiero que note que los ojos detrás de la pantalla están llenándose de angustia. «Cuándo?» envío, esperando que la respuesta sea una fecha en la que me es imposible ir. No lo es. Y encima, se apunta Ona.

A Ona me la presentó Gabi un par de días despúes de la jarana y desde entonces hemos empezado a vernos algunas tardes tras descubrir que salimos de trabajar a la misma hora, en el mismo barrio. Nos sentamos siempre en la misma mesa de la terracita del bar de la esquina y siempre se nos hace de noche. Tiene el pelo negro y rizado y algunas pecas le salpican las mejillas y la nariz. La última vez que quedamos dijo algo tan gracioso que me salió un ronquidito como de gorrino y me puse toda colorada, y eso que cuando la conocí me pareció muy seria. Ella también se ríe mucho conmigo y a mí, si me ríes una gracia, ya me tienes en el bote. También es una manera de no ahondar mucho en mis respuestas cuando me pregunta por mi familia, por quién es Vero, o peor: por cómo estoy. Yo le devuelvo pregunta tras pregunta de un raquetazo, ágil como Serena Williams, pim pam, pero ella también se sabe ese juego y me las devuelve igual de bien, sin soltar prenda. Mientras tanto, solo soy capaz de hablarle con soltura sobre mis amigas, que si aquel cumpleaños en que Ángela se enfundó en un tutú para liderar una búsqueda del tesoro, aquella noche que nos siguió un baboso y Mar le gritó tanto que el tipo se tropezó al salir corriendo.

A veces le pongo freno porque tampoco quiero que piense que lo que estoy haciendo con ella, con Yara, con Gabi, es buscar sustitutas. O que nunca podrán tener un lugar tan sagrado como ellas, aunque ahora mismo yo lo sienta así. Me noto extrañamente territorial de repente, queriendo hacer amigas, pero a la vez con la necesidad de dejar claro que hay un pedregoso camino hasta llegar al núcleo duro. ¿Cuál será el camino para llegar al suyo? Aún no sé si quiero recorrerlo. Noto que ella tampoco lo ha decidido aún, que no tiene la puerta abierta del todo. Eso me transmite una extraña confianza.

El caso es que compramos las entradas para el concierto y antes de conseguir atreverme a poner alguna excusa, ya estoy en la puerta de la sala Apolo, un sábado por la tarde, esperándolas. Mientras reviso mis pelos encrespados por la humedad mediterránea, aparecen juntas tras una esquina, Yara dando pisotones al pavimento con sus botas oscuras y gesticulando mucho, agarrándole el brazo a Ona con entusiasmo. Ona la escucha con un paso más suave, como flotando. La veo echarse la bufanda para atrás y algo me calienta por dentro al reconocer ese gesto como algo suyo.

Una noche acabé contándole a Ona toda la historia de Vero. El flechazo, la riada salvaje que, por dejarnos llevar, se llevó todo por delante; los planes rotos y remendados, las idas y venidas. A quién vamos a engañar, no sé hacerme la misteriosa: esta boquita iba rodada, tucutucutú como si le hubieran dado cuerda. Lo conté como sé, eso sí, con toquecitos de humor, exagerando partes poco importantes para poder deslizarme de pasada por las partes espinosas. Se rio mucho pero, amiga, por mucho show que le metas, Ona tampoco nació ayer. «Qué difícil», me dijo suspirando cuando concluí con un poco glorioso «¡En fin!» y me apretó un poco el brazo. Yo le devolví una sonrisa tristona y posé mi mano sobre la suya, apretando también. La energía tan intensa que nos rodeaba fue posándose suavemente sobre nuestros hombros, colocándose en su lugar en aquel silencio. Ona sacó su mano y se echó la bufanda para atrás.

Igual que en esa canción de La Oreja de Van Gogh que enmarcó nuestra turbulenta adolescencia dosmilera, y que versionará Roba Estesa esta noche, estoy cansada ya de inventar excusas que no saben andar. Excusas con gracia, muy bien, pero excusas al fin y al cabo, sobre todo cuando hay ruinas que esconder. Ellas se acercan y las saludo con alegría, como si este concierto fuera una ocasión para divertirnos y no un tratamiento de exposición directa a un estímulo traumático. ¡Planazo! Ya estamos dentro y, sin darme cuenta, bebo mi refresco con prisa, se cuela demasiado aire, luego tendré dolor de tripa. ¡Viva! Con los primeros acordes aprieto las uñas contra el vaso y rezo interiormente para que no toquen *la canción*, pero enseguida me doy cuenta de que la herida no está hendida en *esa* canción en particular sino desperdigada por toda la música del grupo. Mi cerebro, ese que no es capaz de rescatar valiosos detalles de su propio pasado cuando se lo pido, en cambio sí ha conseguido vincular un sonido ajeno a un cuerpo que no le corresponde, a un aliento cálido, incluso a imágenes concretas que se materializan en punzadas en la garganta. ¡A tope!

Yara me mira.

—¿Estás bien?

—Sí, sí, estaba distraída. ¿Tú estás bien?

—Vale, cari, si necesitas salir o algo, dinos.

—No, estoy bien, estoy bien. ¿Vosotras bien?

Ante todo, no puedes llorar. Ni se te ocurra llorar porque es demasiado pronto en esta amistad como para mostrar esta caverna oscura tuya. Además, este no es el lugar, harás que Yara se sienta culpable por haberte propuesto el plan. Las dos se verán en la obligación de hacerte preguntas sobre tus lagrimones y tendrás que explicarles todo, encima hipando, con lo que se te hincha la cara cuando lloras ¡Tendrás todo el eyeliner corrido! Un desastre. Y ellas pensarán, mientras te consuelan, en maneras de retroceder en este vínculo contigo que aún tiene multitud de puertas rápidas de salida. Así que dale otro sorbo rápido a la bebida y arroja tu atención en alguna dirección neutra y poco estimulante, muérdete lo que queda de tus uñas, haz lo que quieras pero, ante todo, no-puedes-llorar.

Se me escapa una lagrimita diminuta que consigo ahogar de inmediato, en un latigazo de pavor por si se abre el grifo. No sé si se han dado cuenta, pero Ona me pasa el brazo por encima del hombro y me mece con ella mientras tararea mirando al frente. Me aparto con toda la suavidad de la que soy capaz y huyo al baño. Frente al espejo me retoco el eyeliner, alargándolo medio centímetro más.

De vuelta a la sala perreo fuerte, suplicando para que venga alguien a estrangular esa voz parásita que me habla de esta manera. Si alguien se dirigiera así a cualquiera de mis amigas, saltaría con garras afiladas, cuchillo a la yugular, llamas en las pupilas, porque ellas no se merecen que nadie les hable así.

Eso sí fue una casa (...), un espacio de libertad en un país que acababa de salir de la dictadura (...). No creo que fuera solo porque éramos amigas y amigos, creo que también era porque fue como un momento exultante y nos salió todo bien (...) Yo creo que no hubo broncas porque se dieron unas circunstancias muy especiales en un momento histórico muy concreto. Como lo que vivió la gente en Madrid, ¿no? Claro, en Madrid a más escala. Pero lo que vivía la gente en Rockola o en esos sitios. En Asturias fue La Santa. El centro que aglutinó.

Esa época de verdad que fue muy buena. Y luego vino toda la gente un poco así del mundillo musical, que venía a Asturias a actuar y venía luego a La Santa, oye tuvimos a Alaska cuando eran Los Pegamoides. Yo me acuerdo que acabé cosiendo la cremallera de un pantalón ahí en el almacén, que se le había roto a uno [de los Pegamoides]. Cuando Eduardo Benavente se mató, el de Parálisis Permanente, ¿te acuerdas? Eduardo Benavente se mató en un accidente de coche en León y venían de Oviedo, habían estado esa noche en La Santa. (...) Todos los grupos pasaban por La Santa porque era el sitio de referencia.

En La Santa, si tomabas dos copas, la tercera ya te digo yo que no la pagabas. Nadie, ¿eh? Siempre te invitaban a la tercera. (...) Quiero decir que había muy buen rollo para todo. No nos movía ganar dinero. Cuántas veces dijimos: «Madre, si no nos hubiéramos metido lo que ganamos, tendríamos pisos», ya ya, sí sí. Y Doni y yo también lo hablábamos. Queríamos hacer otras cosas. (...) Y pusimos muchas copas y hubo muchísima gente, fue, mira, impresionante. Empezó en diciembre del '83, eso sí que me acuerdo muy bien, y era tal locura que en el '87 abrimos uno en Gijón por el verano (...) Y entonces en ese año, cuando acabó el verano del '87, traspasamos los dos: el de Oviedo y el de Gijón. Porque nuestra idea no era tener un bar para toda la vida, ¿sabes? Y fue una experiencia de cuatro años y la verdad, eso sí que era una casa, sí.

Teresa repite la palabra *casa* una y otra vez para hablar de La Santa y de sus amigas. Cada vez que lo hace, su sonido me transporta a un lugar, pero ninguno son aún las paredes ni el barrio que me rodean y que ya voy conociendo mejor. Me lleva a Ángela diciendo «¿puedo pasarte una cosa que he escrito?» y esa cosa es un texto increíble que me hace admirarla; me lleva a Oli arqueando una ceja en el sofá cuando le pongo los pies sobre el regazo, aunque siempre me deja hacerlo igualmente; a la risa estrepitosa de Mar cuando se da cuenta, en pleno ataque, de que está siendo súper escandalosa y eso le hace reír aún más y es incapaz de salir de ese círculo. Algunas de las personas que estoy conociendo en Barcelona, como Yara, Ona y Gabi, vibran como casas en potencia, me están abriendo la puerta y yo estoy paralizada en el quicio. Siento que tengo la brújula rota desde Ann. Soy cauta de más, pero me siento ingenua. Incapaz de mostrarme, incapaz de poner límites y a la vez extremadamente egoísta y desconfiada. Estos bandazos identitarios en los que no sé si me reconozco como persona sociable o huraña me atacan los nervios y acabo disparando señales intermitentes de interés. Vuelvo una y otra vez a Vero porque es familiar y me estremezco al pensar en lo que vinculo con lo «familiar». La culpa se ha convertido en una acompañante diaria, como las tostadas, la ansiedad o comprobar cuánto dinero me queda en la cuenta corriente.

Teresa me habla de su vida y, sin embargo, la mitad de los verbos que usa están en plural. Su retrato es también el de una memoria colectiva. Cuando abrieron La Santa Sebe no tenían precedentes cercanos más allá de sus ensoñaciones. Fue una fantasía materializada sin huellas o mapas que seguir. Ahí es cuando Teresa se infla de orgullo: «Fue el primero, luego hubo más, pero en Asturias fuimos las primeras». El cadáver de Franco solo llevaba ocho años pudriéndose la noche que se fueron a dormir ilusionadas pensando «mañana abrimos».

Pero claro, fue el primero *en Asturias*. Y por eso La Santa Sebe asturiana, como el Pasaje Begoña andaluz, no me sonaban de nada. Conocía el Medea y el Fulanita, La

Casa de la Pradera, bares de mujeres y personas queer en las grandes ciudades. Qué importante es escuchar a Mar Gallego para entender todo esto. De ella lo aprendí yo, de aquel libro que rescaté del fondo de mi furgoneta esa noche de verano: ellas estuvieron ahí, pero no las hemos mirado. Al menos no con la misma mirada que sí hemos dirigido hacia Madrid o Barcelona. La misma que Teresa dirigió hacia Londres antes de poder imaginarse a sí misma tras una barra amigable. ¿Algún día nos mirará alguien a nosotras?

La Santa Sebe fue en Oviedo una casa para quienes vivían fuera de la norma y esto no es solo una metáfora, pues en aquel momento seguía vigente la Ley de Peligrosidad Social que, aun habiendo eliminado la figura del homosexual en 1978, mantenía el supuesto de «escándalo público», permitiendo la persecución de las personas *como ellas.* Por eso el momento clave de sentir que se dejaban atrás cuarenta años de dictadura fascista generó una explosión de euforia colectiva, sobre todo en las personas más fuertemente represaliadas por el régimen. Y es que, por mucho que se quisieran Teresa, María José, Doni y sus otros amigos, el momento fue clave. Y el momento fue ese.

Teresa y yo nos llevamos exactamente cuarenta años. Nos separa un abismo temporal correspondiente a la duración total de aquella dictadura o al recorrido vital completo de un hipopótamo. Aunque los hipopótamos matan a quinientas personas al año y Franco no bajó de las tres mil. Algo está torcido mientras la escucho, noto un hueco en mi atención, un desasosiego. Me inquieta y no entiendo por qué unas historias que arrojan luz sobre posibles caminos al futuro a la vez me recuerdan tanto mi propia mortalidad. Un extraño abismo abre suavemente las fauces. Veo a Teresa tan joven sirviendo chupitos gratis con las mejillas sonrosadas pero no puedo parar de imaginar el pálido cuerpo de Eduardo Benavente reventándose contra el cristal del coche. Doy bandazos entre idealizar a Teresa, envidiarla y asumir que ella es también su contexto, que lo que me cuenta realmente nunca podrá repetirse. Son posibles principios y, a la vez, finales que ya han sido. Escucharla es también un duelo.

La primera casa que sentí como tal fue un piso que se caía a pedazos en el corazón del barrio de La Latina, cuando aún no había caído en las garras de la gentrificación. Yo tenía veintidós años y acababa de volver de un viaje increíble que había hecho sola. Me había arrancado a jirones al desgraciado que me tenía agarrada del cuello y de una última patada en el suelo volé como no he vuelto a volar. Aquel piso resquebrajado y luminoso fue el único nido en el que estuve dispuesta a aterrizar. Aún demasiado jóvenes como para que nos desgastara la erosión de la precariedad, ya sospechábamos que no saldríamos de ella pronto. El suelo inclinado crujía a nuestros pasos, no había calefacción ni muebles, pero subimos a cuestas un sofá andrajoso de la calle y compramos un proyector para ver películas. Nos lanzamos al interior de nosotres mismes sin cinturón de seguridad y nos sumergimos sin miedo por nuestros laberintos menos explorados. En ese piso vi por primera vez *Paris is burning*, *Pride*, *Pequeña Miss Sunshine, The Rocky Horror Picture Show*. Dejó de ser nuestro piso y pasó a ser un refugio para quienes aún vivían con sus familias y necesitaban un lugar donde ser. Entre sueños de reinas de hojalata y horizontes soleados en comunidad, escribí mi primer artículo. Mi compi de piso, que años después sería una reconocida artista drag, salió del armario con su familia. Esa casa tenía algo mágico: nos hacía sentir valientes. Éramos inmortales al salir cada noche a devorar la ciudad, brillos de colores enmarcando nuestros ojos y colmillos afilados porque no teníamos nada que perder. Éramos las personas más fracasadas de Madrid y también las más felices.

A menudo se me olvida que conozco bien las maravillas que destellan al desempolvar con suavidad las palabras más sencillas. «Esa época de verdad que fue muy buena», dice Teresa. Aquello, también, fue el momento.

Cuando se trata de temporalidad, me encanta leer a Jack Halberstam. Él dice que el tiempo y el espacio pueden clasificarse en dos: normativos y queer. Es decir, que más allá del calendario vital de casa-familia-hijos-monovolumen, somewhere over the rainbow están las temporalidades queer, desviadas y desarrolladas «en oposición a las instituciones de familia, heterosexualidad y reproducción». En esta clasificación, la única de estas dos líneas temporales que ofrecería una proyección a futuro (y, por tanto, esperanza) es la normativa. Leo todo esto con las ansias de alguien descifrando las pistas para resolver un mapa del tesoro y, cuando la cosa está en su punto álgido, Jack le mete un giro con una idea terrorífica de Lee Edelman: si las temporalidades queer significan el final de la reproducción (y por tanto, de la esperanza, de la vida), entonces lo queer se relaciona con la muerte. Y, por tanto, con el pesimismo. Con nosotras termina —al menos potencialmente— la continuidad, la línea familiar, la acumulación de propiedades. O en palabras de Teresa: «Si no nos hubiéramos metido lo que ganamos, tendríamos pisos, ya ya, sí sí».

Nuestra temporalidad tiene el potencial de pegarle un hachazo a la temporalidad normativa, y por tanto a la promesa de futuro encapsulado en una vida exitosa o satisfactoria. Y, sin embargo, esto no quiere decir que en nuestro fracaso no tengamos derecho a la proyección de futuro, a la esperanza, al optimismo. El parche endereza la mirada, pero solo permite mirar al frente, nunca alrededor. En nuestros futuros posibles, mirar quién hay a nuestro alrededor es imprescindible. Teresa es la prueba viviente de ello. Y está claro que no puedo recoger sus historias y convertirlas en un cartel con forma de flecha porque estaría caminando hacia una quimera, pero hacia algún lugar hay que caminar, ¿no?

Continúo leyendo a Jack, que habla de lo queer como: «temporalidades extrañas, calendarios vitales imaginativos y prácticas económicas excéntricas». Temporalidades extrañas: montar un bar sabiendo que no es un proyecto a largo plazo; calendarios vitales imaginativos: hacerlo con treinta y pico años, dejando atrás un trabajo estable como profesora, para luego irte siete años al otro lado del mundo y acabar compartiendo casa con tus amigas cumplidos los cincuenta; prácticas económicas excéntricas: el anticapitalismo, no buscar la acumulación de propiedades. O sea, que Teresa dice: «nuestra idea no era tener un bar para toda la vida» y lo que oigo es: construimos una casa sabiendo que sería temporal. Creamos un refugio y nos volcamos completamente en él, siendo conscientes de que algún día habría que dejarlo ir. Tal vez es así como se construyen las casas a este lado de la norma. Tal vez hacerlo de otra manera es mudarse a la rectitud sin saberlo, o engañarse a una misma, como cuando nos convencemos, tan soberbias, de que el amor pervive al margen de los espacios y los tiempos, y no transformándose en torno a ellos, de que todo acaba algún día, aunque quizá nunca del todo.

La voz grabada de Teresa resuena en mi habitación mientras devoro fascinada estos textos, imaginando una brecha constelada que desgarra los confines de la realidad. Un agujero de gusano conecta La Santa Sebe, el Pasaje Begoña, el Medea y nuestro pequeño local de Sants, un agujero de gusano oculto en el interior de un arcón secreto, al fondo del cuarto de escobas de cada espacio-casa imperfecto. En ellos entramos a hurtadillas para visitar a las otras, en otra era, en otros lugares, pero escapando de lo mismo. Entendiendo, reconociéndonos al cruzarnos por los pasillos estelares. Mientras tanto, en las casas que hay afuera, el tiempo continúa asfixiando de a poquito en estricta y pulcra rectitud: matrimonio por inercia, aislamiento arquitectónico, hipoteca quien pueda permitírsela, alguna amiga ya si eso, descendencia y decadencia, cansancio y aburrimiento, morirse de pena, morirse de sed, morirse sobre esperanza seca. Aquí todo eso lo podemos imitar, claro. Hasta cierto punto. Pero en nuestros armarios siempre va a haber un viejo arcón, escondido en silencio, esperando.

El problema es que no todas nos sentimos con derecho o con valor para abrirlo.

Tras hora y media de asamblea en el colectivo de activismo bi, la encargada de recoger acta hizo cuentas: 27 perdones, 19 si os parece bien, 3 hola soy nueva pero no sé si debería estar aquí porque nunca he tenido novia y me siento una impostora, 7 no te preocupes hija que a mí me pasó igual.

—Vale, para terminar, el último punto es sobre el Orgullo Crítico de este año.

—Iremos a la mani como colectivo, ¿no?

—Pero primero hay que enterarse de cómo se están coordinando los colectivos.

—¿Alguien sabe algo?

—A mí me dijo une amigue que llevaban dos asambleas de la organización central.

—Pero no han avisado ni publicado convocatoria en ningún sitio, ¿no?

—No, elle se enteró porque su compañera de piso está dentro.

—¿Y quién estaba?

—Pues [*si vive usted en una gran ciudad, inserte nombre de los dos/tres colectivos queer más reconocidos de esta*].

—¿Y no había más colectivos?

—Es que si tampoco avisan...

—Las del colectivo asexual tampoco saben nada.

—¿Nadie sabe nada?

—Yo no conozco a nadie de la organización.

—Yo solo de vista de fiesta.

—Es que claro, de fiesta se conocen todes.

—Yo es que a la una estoy ya en la cama.

—Bueno, ¿y cómo hacemos? ¿Les escribimos a ver si podemos ir a una asamblea?

—A ver, lo lógico habría sido que nos hubieran avisado, la verdad.

—Bueno, el año pasado ni siquiera se mencionaba la bisexualidad en el manifiesto...

—Pues yo no quiero escribirles para pedirles permiso para ir.

—Pero es que entonces nos quedamos fuera otra vez.

—¿Les escribimos entonces? Ay perdón, que ibas a hablar.

—No, no, habla tú.

—No, no, tranqui.

—No, no te preocupes, dale.

—No, si es que me he saltado el turno, perdón.

—Vale, nada, soy breve. Nada, que si les escribimos es un rollo, pero mejor eso que no estar.

—Bueno, vale, a ver si así para la próxima se acuerdan.

Se acuerdan. Acordarse, el impulso cerebral involuntario de retomar conciencia sobre una información inconsciente. ¿Quién vive en lo inconsciente? ¿Quién espera la llamada desde el *in-* de lo consciente?

Acordarse, dar prioridad, tener en cuenta, contar con, contar desde, contar junto a. Acordarse no es lo mismo cuando no acordarse es impensable, cuando olvidar no es una opción.

Opcional, prescindible, adjunto, anexo. Nunca central, nunca necesario. Si se puede, vale. Si no, da igual. No es igual quien se acuerda que quien tiene que esperar a ser recordada.

¿Quién llama y quién es llamada? ¿Te presentas aunque no te hayan llamado? ¿Tienes legitimación para llamar? ¿Si eres tú quien se olvida, a alguien le importa? ¿Si eres tú quien llama, alguien responde? ¿Qué diferencia hay entre olvidar e ignorar?

Olvido, descuido, accidente. Lo olvidable es olvidable porque no tiene consecuencias en quien olvida. Las consecuencias caen en el terreno olvidado, silenciosas, invisibles, borradas.

¿Qué diferencia hay entre acordarse de y mirar hacia?

Quien se mete donde no la llaman es molesta.

Quien no se mete porque no la han llamado es olvidada.

Y aquí, entre lo molesto y lo olvidado, construimos nosotras nuestra casa.

Me frío un huevo.

Me estoy friendo un huevo en mi casa a la que no llamo casa, la llamo mi piso o el piso en el que estoy viviendo aunque ya llevo un par de meses aquí. Tampoco digo «vivo en Barcelona», sino «estoy viviendo en Barcelona». Me di cuenta el otro día en clase de catalán. On vius? Estic vivint en Barcelona. ¿A Barcelona? ¿En Barcelona? Estic vivint a Barcelona. Hoy he ido a casa de Yara y Gabi, donde viven desde hace varios años con otra amiga que hace poco se marchó. Es un piso acogedor y lleno de plantas y libros, con ese suelo de baldosas tan típico de esta ciudad. Al fondo, unas puertas de madera vieja dan paso a una terracita, convirtiéndolo en un piso muy luminoso para ser tan pequeño. Mientras me enderezaba en el sofá para no estar como siempre encorvada como una gárgola y las miraba a ellas tan repanchigadas, he sospechado que la luz tenía que ver con algo más que con el sol dorado de la tarde acariciando el salón a través de las cortinas.

Me he vuelto pronto al piso en el que estoy viviendo.

En el piso en el que estoy viviendo hay una sartén muy pequeña que está hecha expresamente para freír huevos. Normalmente los huevos fritos me salen fatal, se me suele romper la yema y en ese momento siempre me acuerdo de la expresión «no sabe ni freír un huevo». Pero este huevo no se ha roto. Ha caído suavemente sobre el aceite y se ha amoldado a la forma de la sartén, tan redondito y brillante. Tal vez no es que se me dé mal freír huevos, sino que siempre lo hago con sartenes malas. Porque con esta sartén, que es buena y seguramente cara (es de una de mis compañeras de piso, la que lleva ropa de marca y se deja los cacharros sin lavar), me ha salido perfecto. Pienso en la gente rica. La gente rica solo tiene sartenes buenas. ¿Cuánta gente rica habrá convencida de que se le da bien freír huevos? Pienso en la gente rica que es artista y tiene guitarras buenas y trajes buenos y horas y horas en su día para aprender la disciplina que quieran con unas clases que pueden pagarse sin tener que trabajar.

El huevo coge forma, se hincha. Oli me dijo una vez que una buena fotógrafa es la que sabe hacer buenas fotos incluso con cámaras malas. Por lo tanto, no es la sartén, soy yo. El mérito de este huevo no es mío y la culpa cuando se rompen la tengo yo. Miro el huevo perfecto que estoy friendo y me parece una farsa. Si alguien hubiera venido hoy a comer a mi piso, por ejemplo Yara, y viera este huevo, se llevaría una impresión totalmente equivocada de mi capacidad de freír huevos. O tal vez no le parecería bien que friera huevos, por muy bien que me salieran. Consumir huevos es contribuir a la explotación y tortura de las gallinas y también al cambio climático. Pero este huevo que estoy friendo es ecológico, pienso.

Eso es una tirita y una excusa de mierda, me respondo. Esa hipotética persona lo sabría. No podría decirle eso. ¿Qué podría decirle? Algo me aprieta el pecho. ¿Cómo podría explicarme? ¿Debería tirarlo? No puedo respirar bien. La maquinaria ya ha arrancado, no por favor ahora no, sale humo de mi cabeza, sale humo de la sartén, el aceite se ha calentado de más, el huevo chisporrotea. El huevo explotador de gallinas chisporrotea y me mancha la camiseta comprada en una gran cadena de ropa, me abrasan las gotitas de aceite en la piel, el huevo explotador explota en mi camiseta hecha de explotación, intento respirar, pero me ahoga la culpa, me ahoga la culpa, soy el rey Midas, todo lo que toco lo convierto en culpa.

—¿Por qué crees que racionalizas tanto tus emociones?

—Porque tengo la luna en Acuario.

La paciente mira a la psicóloga esperando que esta se ría, pero parece que no le ha hecho mucha gracia. A lo mejor es que no sabe en qué consiste tener la luna en Acuario, pero la paciente intuye que es mejor no explicárselo. La paciente evita activamente mostrarse vulnerable y la psicóloga se está empezando a desesperar porque ya no sabe por dónde picar la piedra. Esto le da cierta satisfacción a la paciente: está ganando el pulso. Más tarde se preguntará por qué gasta el poco dinero que tiene en sabotear sus propias sesiones de terapia.

—Mientras estés más en la lectura que hace tu cabeza de la emoción que en la propia emoción, no podrás aceptarte como eres.

Uf, qué pesada. La paciente repite la frase en su cabeza sustituyendo todas las vocales por la letra i.

Suponemos que la psicóloga anota: «La paciente es buena persona, pero está convencida de que en el fondo es mala». La paciente piensa: «Soy tan mala que he engañado a mi propia psicóloga». La psicóloga pregunta: «¿De verdad crees que puedes engañarme?» La paciente responde: «No». La paciente piensa: «Sí, acabo de hacerlo».

Ya me dirán ustedes si no hay aquí un claro cuadro de psicopatía.

La paciente está dando vueltas a su relato sin concretar nada y la psicóloga le sigue el juego porque sabe que viene algo importante. Ha olido el tufo desde que empezó la sesión, pero no piensa decir nada. Está esperando a que la artífice confiese el crimen. Sí, sí, cuéntame más sobre ese local y tu colectivo y lo bien que estás de repente. La psicóloga va tejiendo una red silenciosa mientras la paciente revolotea estúpidamente como una mosca montando su historia de pacotilla, tan afanada en sostenerla que no ve que los cimientos ya tiemblan, la psicóloga se va acercando con sigilo hasta que ¡zas! ¡Confesión! La paciente ha vuelto a escribir a Vero para proponerle volver a estar juntas. Y Vero, obviamente, le ha dicho que no. Al ser consciente de lo que acaba de decir, la escurridiza paciente busca con desesperación el juicio en los ojos de la psicóloga para saber si lo que ha hecho está bien o mal, pero la muy maldita permanece impasible. La paciente se queda sin palabras acertadas y racionales a las que agarrarse. Durante unos segundos forcejea por no desmoronarse, intenta sujetar desesperada sus propias paredes a punto de reventar, pero la psicóloga ya le ha clavado el aguijón de y cómo te sientes al respecto.

La psicóloga espera con dulzura mientras la paciente solloza. Su pena sale a borbotones, no es bonita, su pena es pus saliendo a chorros de un grano que aprietas porque ya no tiene sentido maquillarlo. La psicóloga espera y le tiende la mano para que pueda enseñarle la dimensión real del abismo con el que convive y que crece cuanto más crece su silencio. La psicóloga sabe bien que no es que la paciente no quisiera enseñárselo: lo que no quería era admitírselo a sí misma. No la juzga, pero esto la paciente nunca podrá saberlo seguro. Juntas se asoman al inmenso despeñadero y lo contemplan. La paciente arrastra la vergüenza, pero arrastra aún más la pena, esa pena fea de ojos enrojecidos y cara hinchada de no dormir. Una vez expuesto, el abismo ya no puede negarse. Por fin, piensa una. Qué he hecho, piensa la otra. Una vez admitido, el abismo es gigantesco. Lo miran y este parece desafiarlas, amenazando con tragárselas. La paciente siente que nunca saldrá de ahí, pero no dice nada.

Ahí se ligaba, bueno... la esquina de las bolleras era la de nuestra amiga Toya. La barra era larguísima ¡pero todas las lesbianas iban a la esquina de Toya! ¡Todas, todas! La esquina de Toya era, bueno, ahí había de todo. Y ahí hubo escenas fantásticas, porque Toya es súper graciosa. Y una noche, creo que te lo conté ya... Una ya borracha, imagínate, tres de la mañana, habló de una novia y tal, estaba ahí sola. Y le dijo: «Es que solo me quieren por la cama», dijo. Y le dijo Toya: «¡Ay, chica, a mí que me parece una buena cosa! ¿Tú por qué prefieres que te quieran? ¿Por el dinero? ¿Por la conversación? ¿Por qué? ¿Por la cultura? ¡A mí que por la cama me parece una buena cosa!» Y bueno nos reíamos... Oías a Toya decir... una decía que echaba de menos a alguien, a alguna. Y decía Toya: «Mujer, cuánto mejor echar de menos que echar de más, anda, anda.» Y todo el rato. La esquina de Toya era así.

Querida Vero,

Entender que no vamos a estar juntas del modo que yo quiero es como un tajo que me abre la carne en canal. El caudal sigue fluyendo descontrolado, pero ya no hay dónde encauzarlo y se desparrama por todos lados, por mi habita-

ción, por mi garganta, por la calle como fango ralentizando mis pasos. Durante un tiempo pensaré que para que deje de doler tengo que encontrar la manera de coser el corte y me volveré loca intentándolo. Mudarme a la misma ciudad que tú tampoco ayuda, o eso pienso ahora. Más adelante pensaré otra cosa.

Con el tiempo acabaré viendo que la solución nunca estará en hacer, sino en esperar. Pero para cualquier ser humano con el corazón roto —especialmente si eres alguien impaciente, hiperplanificadora y con la identidad basada en el hacer— aceptar que frente a un dolor tan intenso no hay nada, nada, n a d a que hacer, solo esperar (¡mi actividad favorita!) a que se vaya diluyendo, esto se convierte en una tortura. Se hace insufrible, asfixiante, verte ahí plantada como un pasmarote, al borde de una montaña imposible con una tonelada de minutos entre los brazos. Porque ya que está roto hay que sacarle la utilidad, la lección vital, venga qué hay que hacer dónde están las instrucciones, me voy a poner un horario de actividades para salir del hoyo, plan de supera tu duelo en diez días. Y sospecho que, en el fondo, una parte considerable de este dolor no viene de ti.

Estoy agotada, Vero, ¿por qué no estamos juntas si tú también lo estás? Estaríamos juntas y agotadas y así nadie nos podría sacar nunca de esa muralla hecha de mantas y aislamiento. ¿Qué fallo puede haber en este plan? No sé cuántos berrinches solitarios, cuántas cornadas daré contra la pared hasta que finalmente lo entienda y me detenga. Me detenga, derrotada, para arremangarme, agarrar la pala, hundirla en la tierra y enterrar silenciosamente lo que ya hace tiempo que no está. Duele tanto, cuesta tantísimo, no sé cómo decirte. Cada paso que doy miro atrás, vuelvo corriendo. Llamo a gritos y me alegro de que te contengas cada vez para no contestar porque así, finalmente, me podré ir.

Y, de paso, pedirte perdón.

Vuelvo a ti como si fueras un recurso desesperado y no una persona, y no es justo.

Aún no puedo saberlo, pero te querré mejor cuando quererte no se sienta con una punzada con sabor a «pero» en el estómago. Aún no puedo saberlo, pero menos mal que abandonaremos la escena del crimen y nos atreveremos a apagar las luces y cerrar la puerta. Gracias a darlo todo por perdido, tal vez en algún momento podremos contarnos cómo vivimos algunas de aquellas noches, llorándoles nuestras penas a alguien en alguna esquina de Toya, en la ciudad a la que las dos hemos huido.

Pero esto yo no puedo saberlo aún, no lo veré hasta pasado un tiempo. Lo único que veo ahora es el dolor y la vergüenza de un fracaso más, de otro proyecto que, de nuevo, no he conseguido hacer funcionar.

Luego teníamos un montón de gente amiga, entonces... ¿tú conoces el cantante Tino Casal? Pues Tino Casal estaba ahí siempre, que Tino se murió hace muchísimo, pero estaba allí siempre porque además... ¡estaba hasta en la barra! Además, como también éramos gente que estaba comprometida... (...) Yo acababa de salir de la Liga Comunista Revolucionaria y había estado en la LCR siempre, había un compromiso político muy claro (...) Yo me acuerdo que cuando el día de todo eso de la OTAN, nosotras estuvimos todos los días anteriores con «OTAN NO» puesto en la barra, para que se viera bien claro. Y en el día que fue la gran manifestación en Madrid, cerramos el bar a las cinco de la mañana, que era más o menos cuando cerrábamos, cogimos el coche, marchamos pa' Madrid, llegamos a las nueve-diez de la mañana, desayunamos, nos manifestamos a las doce contra la OTAN con un millón de personas o más, comimos ¡y volvimos a abrir el bar, Elisa! A las ocho de la tarde, sin dormir. Eso se llama juventud, ¿sabes? Lo que tienes tú ahora.

Qué adorable Teresa, creyendo que «lo que yo tengo ahora» es la capacidad para hacer un viaje de quinientos kilómetros a las cinco de la madrugada para manifestarme y luego hacerlo de vuelta para trabajar en un bar toda la noche. Ayer me tomé dos cervezas y hoy lo que tengo es dolor de cabeza.

Otra cosa que tengo es cero ganas de abrirme a ningún tipo de relación que implique que alguien se asome a mi herida desollada, me entra como sueño de pensarlo o a veces angustia. El boquete en carne viva con el que convivo se contrae de dolor a la mínima rozadura, incluso cuando solo es la brisa fresca lo que lo acaricia. Aun con todo, sigo regando esas nuevas amistades que me tratan con cariño.

—¡Pero serás bruta! Anda, deixa'm.

Ona me quita de la mano el martillo con el que probablemente estoy a punto de reventarme un dedo. Yara y yo estamos ayudándola a montar una pequeña expo en un centro cultural que se inaugura a principios de diciembre. Son como bombitas de nostalgia las ilustraciones de Ona, flashazos de momentos muy exactos de una madrugada en la que no puedes dormir. Eso es lo que me parecen a mí, porque nunca me las explica, aunque se lo haya preguntado veinte veces. Me estoy dando cuenta de que nunca dice ni hace nada que no quiere decir o hacer. Ona, ¿te vienes a tomar algo? Mmmm, hoy no, gracias. Ona, ¿te vale si te pagamos parte de la expo en visibilidad? No, la verdad es que no. Ona, ¿hoy podrías quedarte una hora más en la oficina, que queda trabajo por hacer? No. ¡No! ¡Así, sin más! Siempre observo muy atentamente cuando hace estas cosas para ver si a la próxima puedo hacerlo yo también. Unos metros más allá, Yara engancha a la pared unos cordeles para colgar los prints más pequeños con pincitas de madera. Lleva toda la tarde muy callada. Nosotras en cambio estamos hoy con la risa fácil.

Por la puerta asoma una figura esbelta e impecable.

—¡Toc, toc! ¿Qué tal va el montaje, chicas?

Rebeca es poeta y está haciendo una residencia artística en el centro. Estaba claro que esa convocatoria la iba a ganar ella. Es enigmática y escribe increíble y siempre tiene el pelo recto y perfecto, así que evidentemente me cae fatal. Sobre todo hoy, que llevo un moño achurrimingao con cuatro pelos saliendo disparados en distintas direcciones. Me los atuso un poco mientras ella deja sus cosas sobre la mesa de los materiales, de donde Yara recupera el martillo sin levantar la mirada. Rebeca irradia ese aura de limpieza y fotogenia como sin esfuerzo, como de ay me levanté así por la mañana de las personas que no conocen la precariedad. Se acerca con curiosidad a las ilustraciones y las observa en silencio unos segundos, sonriendo con una ternura casi maternal. Las roza con sus uñas perfectamente recortadas y yo me miro las mías, que parecen comidas por las ratas.

—Qué expo tan adorable, Oni. Esta búsqueda en la oscuridad, esta intención de encapsular algo tan melancólico en una imagen… me recuerda a mí misma hace unos años. Me emociono de pensarlo. Mira, la piel de gallina.

Ona le responde con un *gracias* un poco desatinado y me entra la risa. A ver, a mí también me está dando un poco de vergüenza este momento. «Esta búsqueda en la oscuridad». ¿Se puede ser más pedante? Además, yo también le habría dicho algo bonito si nos hubiera contado cosas de sus ilustraciones. Rebeca se despide y Ona se recompone rápido, busca mi mirada y arquea sus cejas oscuras en una mueca burlona que le devuelvo.

—¿Qué te pasa, *Oni*?

—¡Callaaa, calla, que casi me da algo!

En el fondo yo sé que esta crueldad infantil me sale no solo de la impotencia de ver a Ona colocada al otro lado de la condescendencia, como le ha pasado a ella. Sé, en el fondo, que es también un resorte corroído de la purita envidia que le tengo a Rebeca, a ella y a su presencia siempre perfecta, siempre deseada, del complejo de niña feúcha con un parche en el ojo, eternamente invisible entre las guapas de la clase. Las bromas de Ona son su blindaje, pero las mías tienen un veneno caducado que me emponzoña solo a mí.

—«Chicassss esta ilustración me recuerda a cuando me fui de Erasmus al Ritz.»

—«Y esta a cuando en el postdoc exploré la deconstrucción de estar triste en mi barco.»

Cuanto más nos reímos, menos podemos parar de decir tonterías. El repentino sonido del martillo sobre el suelo nos hace callar de golpe.

—¡Bueno, al menos no esconde sus emociones tras siete capas de ironía como todo el mundo en esta maldita ciudad!

Yara está de pie, apretando en su mano izquierda el cordel y la bolsa de pinzas. Le cae un mechón frente a la cara, que se aparta dejando ver un fogonazo en sus pupilas. La miramos sorprendida y ella nos sostiene la mirada como una manera de sostener sus palabras. Tengo la sensación de que, de una manera u otra, Yara siempre está sosteniendo.

—Lo siento, pero es así. Nos da vergüenza decir cómo estamos de verdad —me dirige una mirada triste—. Corazón, tú lo estás pasando fatal, es que te lo veo. Con nosotras no tienes que fingir, mariconchi, pero siempre nos lo cuentas todo riéndote. No nos dejas verte.

Me quedo helada. No sé cómo reaccionar, me siento expuesta, desnuda. No recuerdo la última vez que alguien fue así de directa, así de brutalmente sincera conmigo. Y a la vez, es la primera vez en meses que alguien, cuando me mira, me ve. Ona está toda tiesa y no sabe qué hacer. Percibo en su gesto que ella también ha notado cómo estoy. Antes de que nadie abra la boca, la puerta se abre de nuevo y vuelve a entrar Rebeca, caminando con suavidad entre las ondulaciones de su gabardina, como un fantasma vaporoso, y se planta ante nosotras tres, que estamos clavadas al suelo como tres palos.

—Hola, bellezas, ¿habéis visto mi mechero? Creo que me lo he dejado por aquí.

Negamos con la cabeza y ella se saca el pelo de debajo del cuello de la gabardina con un gesto elegante, se encoge de hombros, nos guiña un ojo y sale por la puerta. Nos miramos en silencio. Yara se mete la mano en el bolsillo y, mientras se le dibuja una sonrisa pilla en la cara, saca un pequeño clipper color verde lima. Nos deja boquiabiertas. Ella se encoge de hombros.

—A ver, muestra sus emociones, pero también es una pija de Sarrià.

¡Pero esta tía! Ona y yo estallamos en carcajadas. Yara ríe entre dientes. El nudo se desaprieta.

—Bueno, se acabó —sentencia Ona secándose una lágrima con la mano y recuperando el aliento. Vuelca los clavos en la caja de herramientas y la cierra con un clic—. Vamos a tomar algo.

Yara nos pide perdón por su estallido y nos cuenta todo. Que no puede más con el trabajo, que no para de hacer horas extras sin cobrar, que está agotada. Que se siente totalmente desconectada. Yo también les cuento todo. Que me noto cansada, que me hipervigilo cuando interactúo con otras personas, incluidas ellas. Que esto me tiene mosqueada porque se lo noto también a mis amigas de Madrid, y eso ya indica que hay algo más allá de mis circunstancias. Algo que nos está tocando a todas. Eli, yo estoy bastante así también. Y yo. Eso me dicen. Por un lado me alivia. Por otro, me asusta.

Las puertas pueden tener efecto espejo. Giro el pomo con un temblor, enciendo la luz y dejo que Ona y Yara den unos pasos para contemplar el abismo. Al entrar hasta el fondo, esta vez acompañada, al notar sus miradas recorriéndolo, me entra un repentino impulso de defenderlo. Y es ahí cuando entiendo que lo peor de este mal que tengo instalado como un aliento frío en el cuerpo es que, en el fondo, no quiero soltarlo. O sea, sí, quiero que se vaya, odio sentirme así. Pero en el fondo siento que me lo merezco. Que, si no tengo un trabajo que me gusta o dinero para comprar los tomates caros en el supermercado o fuerzas para aguantar hasta las cinco de la mañana en un bar y luego conducir hasta el amanecer, es porque en el fondo no estoy haciéndolo bien o no soy lo suficientemente buena, y casi me parece justo que me descubran, que Ona y Yara vean por fin toda esa basura y me dejen y así poder descansar, descansar de una vez abrazada a mi maldad, a mi fealdad, a mi mediocridad. Me agarro a esto porque me confirma que lo que siento tiene un sentido. Como si la apisonadora del trabajo y las ideas de éxito y fracaso que nos han metido como puño por la garganta no tuvieran nada que ver, como si estas expectativas ajenas y propias no pesaran como una losa sobre el cuerpo. Pero ellas no se van. No se van y me preguntan y me toman de la mano. Vuelvo así, por un momento, a un lugar cálido y remoto. De algún modo acabo hablándoles de Teresa, de lo que me fascina de ella, vuelvo a sus relatos para escarbar en el lugar del que emana esa luz.

Donde en mi cuerpo están las expectativas ajenas y la obligatoriedad del éxito, en el suyo hay una puerta.

Donde yo almaceno la obsesión por la objetividad, ella guarda una perlita desgastada y llena de verdad.

Donde yo tengo el miedo al fracaso, ella tiene una casa.

Esa noche somos las últimas en irnos del local. Intento no bajar la mirada al darles las gracias, porque es la primera vez que puedo mostrarme de esta manera, de verdad, desde que vivo en Barcelona.

Ellas me abrazan y me dan las gracias a mí.

Y es cuando nos despedimos que me doy cuenta.

He dicho *vivo.*

Que además nos pilló los ‘80. Entonces yo cuando te pedían una rodaja de limón, que era para pincharse, nosotras al principio les dábamos lo que fuera, porque nos parecía que viva la libertad y como si te quieres meter mayonesa en la vena, qué más me da... luego se complicó. Porque el tema de la droga no es tan fácil, ¿sabes? Al principio nos dijeron: «vais a tener que cortar las puertas de los baños para que se vea por abajo y por arriba». Y nosotras: «no». Luego: «vais a tener que poner bombillas anti-vena», porque sabes que en aquella época se murió cantidad de gente, eh... bombillas de esas que no te ves la vena. Y a nosotras no nos parecía bien poner bombillas de estas. «Pues vas a tener que poner...» de todo, de todo, para que no cogiesen agua de la cisterna... todo eso que nos decían y nosotras decíamos a todo que no, y además nos parecía que tenía que ser un bar donde la gente se sintiera libre y tal. El tema de la droga fue duro, eh, y nos afectó a nosotras personalmente pero también sobre todo al bar. Imagínate lo que es el bar de moda, que atravesar el portal significaba que alguien te ponía la navaja para pedirte dinero. Aquello era imposible, luego la cosa se fue complicando, yo barría al cerrar el bar y barríamos botes de metadona y jeringuillas por el suelo.

Es que el caballo... es demasiado difícil lo que se mueve ahí, entonces la gente decía que le daba miedo entrar en el bar. Entre la calle y lo que es el bar hay un portal, que era del propio bar, pero que tú atravesabas y era un portal normal. Y allí mismo les esperaban, les asaltaban y de todo. Entonces ¿qué hicimos? Pusimos unos focos, como de campo de concentración, hija, en el portal. Pa' que a la gente al entrar no la pudieran asaltar. Lo iluminamos, tomamos algunas medidas. Empezamos a hacer cosas, no pasamos a prohibirles, de decir... «¿me das una rodaja de limón?» Yo se la daba. Es que en aquellos tiempos, no sé si lo sabes, se usaba el limón para que la gente no se intoxicara con las agujas, la gente te pedía el limón para mojar la aguja y... es que se intercambiaban las agujas, te estoy hablando de la época pre-sida, ¿sabes? La verdad es que lo del caballo es demasiado duro para convivir.

¿Dónde termina La Santa y empieza la calle? ¿A quién pertenece el portal? ¿Dónde termina la libertad y empieza la culpa, el límite?

Escucho a Teresa pero no puedo parar de pensar en Ann.

Focos (límite) como de campo de concentración (culpa).

Todo eso que nos decían (límite) y nosotras decíamos que no (culpa).

Porque *tenía que ser un bar donde la gente se sintiera libre.*

Saber dónde se encuentra un límite puede ser a veces una cuestión de supervivencia.

Y si algo sabemos las bisexuales es que en los espacios liminales es donde germina,

como hiedra venenosa,

el conflicto.

Que qué pasó con Ann.

Cómo te lo explico.

Por forzarnos a ser buenas, el tigre nos comió. Por miedo a ser mala, no abrí la boca. La tripa dijo *corre* pero la cabeza ya estaba programada para clavarte los pies al suelo, cómo vas a correr, no ves que lo está pasando mal. Es que no ves sus lágrimas, míralas, una dos tres cuatro lágrimas, una buena persona no puede hacer algo así, o es que acaso en realidad eres mala. Si corres, si respondes, todo el mundo descubrirá lo mala que eres. Y así quedó la tripa amordazada bien fuerte por la conciencia.

Disfruto mucho montándoles un tremendísimo pollo a tíos que me acosan por la calle. Es una lástima que desde que no soy adolescente ya casi no me pasa, a no ser que vaya de la mano de alguien que no sea un hombre. Me he entrenado para detectar lo evidente, la agresión obvia, y ante ella respondo, al menos a veces, porque ya sé que puedo. No hay secreto: les grito porque me siento legitimada. Sé que lo que hago está b-i-e-n. *Qué te pasa, quieres que te parta la cabeza, qué coño miras payaso*, todo esto es autodefensa y ya mi cuerpo lo ha entendido y validado, ha pasado todos los controles de conciencia y por eso se permite estallar. Al soltar la rabia y ver la cara de pasmarote que se les queda durante ese primer segundo, la sensación de justicia me hormiguea desde la punta de los pies hasta el pecho, limpiando las heridas hendidas a lo largo de los años que no tuvieron resarcimiento. Ya que con la venganza solo puedo fantasear, intento al menos disfrutar de hacer justicia a mis inventivas maneras. Al menos poder pegar un buen grito y quedarme a gusto.

Pero el problema con Ann fue que Ann no era un hombre ni sus maneras eran el grito, el baboseo ni ninguna de las expresiones opresivas que había memorizado en mis manuales feministas. Porque no venía del lado opresor, estaba junto a mí —junto a nosotras— y hablaba de escucha, cuidados, responsabilidad afectiva. Cuando alguien te guarda la espalda, la mirada atenta al peligro siempre está dirigida hacia otro lado. Aquí dentro no hay violencias, espacio libre de violencias, igual si lo repetimos ochenta veces se convierte en verdad. Y por supuesto quien más lo repite es quien más se lo aplica, sobre todo si es en tono suave y conciliador, usando palabritas cuquis, nada de crisparte, nada de enfadarte porque el enfado es violencia, la rabia es violencia, reaccionar a la violencia es violencia. Piedra papel tijera, penita gana a rabia, serenidad gana a estallido, la víctima es huevito, quien se la pida primero gana la partida.

Ann me hizo lo que hacen los medios cuando arde un contenedor tras una oleada de silenciosos desahucios. Lo que hacen las tránsfobas cuando dicen, en horario de máxima audiencia, que las vamos a borrar. Lo que hace tu jefe cuando te pillas la baja por ansiedad y te pide que seas comprensiva y pienses en la empresa. Lo que hacen los ricos cuando salen en las noticias con cara de desamparo porque vienen los okupas malos a quitarles su apartamento de Marbella y a comerse vivos a sus hijos. El cínico puchero de quien se sabe con la sartén por el mango. El toque de gracia victimista que convierte la impotencia de quien se quema en una profecía autocumplida. «¿Ves? ¿Ves toda esta rabia injustificada que sale de ti? ¿Cómo no te voy a tener miedo?» A mí la única persona que me ha llamado maltratadora ha sido mi ex-maltratador. Y es que cuando alguien tiene suficiente privilegio como para ser Pedro, para ti solo queda el papel de lobo. Por eso la autoficción es la venganza de las perdedoras.

Las palabras no siempre significan lo que significan. Ann dijo escucha cuando quería decir silencio. Dijo cuidados, pero no especificó en qué dirección. Dijo responsabilidad, dijo red, dijo muchas palabras que desarmaron las mías, las nuestras, en una niebla de confusión aunque las tripas se retorcían en señal de alarma. Todas lo veíamos pero nadie dijo nada porque nadie quería ser la mala, todas callamos en nuestras propias burbujas y la mía estaba a punto de explotar. Ann no insultó, no gritó, hablaba en plural, en lenguaje inclusivo, soy consciente de mis privilegios, decía, pero blandió sus opresiones como respaldo indiscutible de su sibilino atropello. No puedo hacer nada, es lo que siento y lo que siento es intocable y por tanto lo que hago con lo que siento también. Así me siento y lo pongo en el centro, donde debe estar, pero no en el centro de mí, sino en el de todas para que el puzzle se arme en torno a *mis* sentimientos. La verdad, no sé cómo lo hizo para decir todo esto sin decirlo, pero de repente la conversación partía desde ahí. Yo miré de reojo a las demás. Nadie se atrevió a moverse. Y entonces remató: «los cuidados en el centro».

Entre nosotras no hay violencia, entre feministas no hay violencia, bajo el arcoiris todo es distinto. Compañera, hazte bollera, sin hombres se acabaron tus problemas. Welcome to Fabulous Las Vegas, así de luminoso brillaba aquel cartel que me cegó por completo al salir del armario y vaya si fue buena la hostia que me di. Vaya si me costó dormir la noche que comprendí que la persona acurrucada junto a mí había abierto la caja de herramientas que él solía usar y había sacado un par de ellas sin que yo siquiera me diera cuenta. Cómo me acuerdo del racarraca de madrugada, venga a comer techo, ¿me acaba de chantajear para follar? No, no, no puede ser, pero si no es un tío, si siempre hablamos de consentimiento, no, no, me estoy volviendo loca. Y no tiene que venir nadie a explicarme que los límites que puede cruzar un señor tienen una dimensión más poderosa y peligrosa que los que puede cruzar cualquier otra persona, si alguien sabe de esto somos las bisexuales. Pero habría estado bien saber que esta verdad no convierte al resto del mundo en seres de luz, incapaces de hacer el mal y bañados en indefensión. Para empezar, porque me habría ahorrado el inesperado desgarro de volver a verme atrapada con Ann en el mismo guion que me había prometido no volver a permitir —ya no me quieres, por qué no me coges el móvil, me acabarás dejando porque soy lo peor, te he visto mirar a ese, te he visto mirar a esa, si me dejas podría hacer *cualquier cosa*—. Y para seguir, porque me habría ayudado a darme cuenta cuando fui yo quien se creyó un ser dadivoso y exento de capacidad para dañar.

Conocí a Vero un año después de ~~dejar a~~ huir de Ann, cuando ya tenía bien pulido y ordenado el relato sobre todo lo que me había ocurrido y lo que debía ocurrir en adelante. Estaba en ese momento álgido de sentir que por fin lo entendía todo y me había invadido la peligrosa sensación de que ya me había pasado todos los niveles del juego relacional, el diploma bien clavadito en mi pared. Cómo iba a ser yo injusta, si me había leído mil libros de responsabilidad afectiva, si tenía dos relaciones de violencia a mis espaldas, encima con personas de distintos géneros. Había que estar desubicadísima para decirme una cosa así. Aquí el traje de víctima estaba muy claro quién lo tenía y a ver quién era la guapa que me lo quitaba. Pero claro, había dos problemas: uno era que yo no era consciente de que aún lo llevaba puesto; y el otro, que ya hacía tiempo que me quedaba pequeño. Y por eso, cuando Vero y yo discutíamos, juro que intentaba escucharla, o eso creo, ahora dudo, pero es que todos aquellos textos, que tanto me habían ayudado en su día, se me habían enroscado dentro como una maldición y si no cuadraban con lo que ella expresaba, siempre ganaban ellos, porque eran más neutrales, más acertados y estaban escritos por personas que sabían más que nosotras. Lo que debió ser un puente se convirtió en un muro impenetrable. Dejé de escuchar si el mensaje no se codificaba en mis términos. Entiendo que estés mal, pero se dice leviosa, no leviosá.

No sé qué es más difícil, reconocerte como víctima o despojarlo de tu identidad una vez lo has hecho. No se me va a olvidar nunca la frase lapidaria que me dijo aquella psicóloga en el grupo de mujeres al que acudí cuando entendí que mi primer novio me había maltratado. Yo no paraba de insistir en que no debía asistir a ese grupo porque mi historia *no era para tanto*, aquello no había sido violencia, había sido una relación insana y ya está, o como mucho una violencia menor. Y un día la psicóloga me dijo: «Para dejar de ser víctima, lo primero que tienes que hacer es reconocer que lo has sido». Creo que nos cuesta tanto la segunda parte de la frase que se nos olvida que el objetivo es la primera. A veces, lo que no les pudimos hacer pagar a quienes nos jodieron vivas se lo cobramos a otras que simplemente pasaban por allí, haciéndolo lo mejor posible, o que tal vez cometieron un error al que nos aferramos para desplegar el armatoste defensivo que no pudimos desplegar en su día. Lo que quiero decir es que confundir violencia y enfado es peligrosísimo. Creer que los códigos de la dulzura, el razonamiento lógico o la indefensión victimista no esconden violencia es peligrosísimo. Pensar de alguien «pobrecita»: alarma, alarma, alarma. Y decir que entre mujeres o personas queer no hay violencia es de ser o muy pánfila o muy desgraciada.

Me gustaría creer que no volveré a caer ahí, pero no puedo saberlo. Por eso recurro a la escritura. Tal vez en lo que me queda de vida en el planeta vuelva a tropezar con la misma piedra, pero no en este pedacito que decido encapsular. Una venganza de tinta y latón. Aquí me sirvo ese plato frío que es la fantasía cuando una agresión continuada no tiene ni reconocimiento ni reparación, y por tanto tampoco cierre. Por eso pasé tantas noches mirando al techo antes de dormir, escogiendo las palabras que le diría si nos encontráramos por la calle. Las masticaba y las mascullaba y probaba diferentes tonos, tratando de escoger el que mejor expresase la rabia que me abrasaba el pecho para que entendiera, para que viera lo que hizo. Nunca lo conseguí. Para que haya reconocimiento, tiene que haber siempre dos miradas.

Dijo una vez la señora a la que Teresa no quiere ver ni en pintura que las mujeres tenemos derecho al mal. Yo añado, para no quedarnos cortas y también para fastidiarla, que todas las disidencias sexuales y de género tenemos derecho al mal. Y, sobre todo, que tenemos *acceso* al mal.

Que no por haber sufrido violencia somos incapaces de ejercerla y que ya podemos tener ojito con lo que hacemos con nuestras mochilas para no convertirlas en sambenitos para las otras. Ahora que soy un poco más vieja y espabilada, cuanto más oigo las palabras mágicas (cuidados, reparación, rispinsibilidid ifictivi), más desconfío. A mí no se me olvida que la primera persona que me dijo con carita de preocupación y susto que era *mala* fue el tío que me maltrataba. Ni paz ni gloria para quienes retuercen de esta manera tan perversa la salud mental, haciendo escombros la ajena. Así que aquí dejo escrito lo que no pude decirte a la cara por miedo a que tomaras mi rabia desnuda y la convirtieras en un relato público sobre mi maldad. Tanto pavor tenía de ser percibida como mala que casi me quemo viva, día tras día lijando mis palabras para que quedaran suaves, las astillas cayendo y arañándome la garganta, qué tortura tan espantosa es la equidistancia y joder qué gusto poder escupirla por fin: mala, mala, siempre seré la mala en la historia de alguien que no se salió con la suya.

Puedo anticipar cómo será el viaje a través de una ruptura a partir de mi relación con el cepillo de dientes que queda en desuso en el lavabo. Cuándo y cómo me deshago de él, qué hago con él. Me di cuenta de esto cuando tuve que hacerlo por primera vez al romper una relación bonita, porque fue imposible tirar su cepillo de dientes durante semanas, tal vez meses. Tuve varios intentos: lo agarraba y me dirigía decidida a la cocina, hacia el cubo de basura, pero a medio camino me sentía incapaz y me frenaba en seco, me daba la vuelta y lo volvía a dejar en su sitio. Esto ocurrió en varias ocasiones, hasta que por fin pude hacerlo, casi como un ritual lleno de solemnidad. Tirar ese primer cepillo de dientes fue uno de los momentos de cierre más litúrgicos y solemnes que recuerdo.

El cepillo de Ann lo tiré sin miramientos. Lo tiré de una, adiós, estoy harta de todo lo que representas, chao, al contenedor de reciclaje y sin una pizca de duda.

Los de Vero, en vez de tirarlos, los escondía. Los guardaba en otro sitio para no verlos, pero no los tiraba. Creo que ella hacía lo mismo con los míos. Como fueron varios, en mi memoria los mezclo y no recuerdo bien. Escuece pensar en los momentos de tirar los cepillos de dientes de Vero. No fueron un camino posible a una nueva forma de relacionarnos, sino portazos tristes resonando en el vacío.

Este último cepillo de dientes, el que dejó Vero en este piso que no es mi casa, también está escondido, pero por otra razón. Me aferro a él no por aferrarme a ella, sino por aferrarme a todo lo que representa que no se cierre la puerta con ella. Porque no puedo soportar otro cepillo de dientes en la basura en tan poco tiempo. No puedo con otro proceso incompleto, arrancado mientras crece. Pero esto era una mentira: no estaba creciendo, o al menos no estaba floreciendo. Como una planta trepadora que se enrosca en una vara que no es lo suficientemente fuerte y al final caen al suelo planta y vara. Yo no sé si soy una o la otra, pero en el suelo estoy. Y desde aquí abajo no quiero volver a levantarme apresuradamente y salir corriendo en cualquier dirección, como otras veces. Me he sentado y estoy viendo dónde me he golpeado, qué necesito para sanarlo, y mientras tanto veo lo que hay alrededor: el suelo sobre el que me apoyo, las encinas que se mecen sobre mi cabeza, la brisa invernal que, si tenemos suerte, anunciará algo de nieve. Si me tomo mi tiempo, tal vez no vuelva a acabar aquí pronto. Con calma y cuidado, decido no adoptar más cepillos de dientes: necesito todo el espacio y el tiempo para el mío, de momento. Y ya iremos viendo.

El último día del año me subo a un tren en Atocha de vuelta a Barcelona a las siete de la mañana y saco el móvil.

Oli y Mar están descansando mal y siguen con pesadillas. El día anterior acompañé a Mar al psiquiatra, que le cambió la medicación de antes de dormir. Ya lleva medio año de baja. Esa noche insistí en despedirnos ya, porque a la mañana siguiente me levantaba a las seis para coger el tren, ellas me dijeron vale sí sí pero a las seis y diez las veo salir de la habitación con sus ojillos preciosos hundidos en pliegues oscuros para darme un abrazo de despedida.

Una hora más tarde subo a un tren que me aleja otra vez de ellas y saco el móvil y escribo.

Escribo porque es el verbo, la acción que puedo ejecutar, pero no quiero escribir y pienso en todo lo que me gustaría hacer en vez de escribir y lo cambio por escribir,

quemar

volver

respirar sin sentir presión en la tráquea

olvidar

planificar

y me lo imagino todo, como Danez Smith:

escribo las casas de todos los fascistas con ellos dentro,

escribo al pueblo con el abuelo y la abuela un día soleado del verano de 1998

escribo profundamente y el aire llena todos los pliegues de mi interior,

me escribo de mirar la hora y de
mirar el móvil y de lo que
dije ayer a las 21:07 que seguro
que le sentó fatal a tal
persona y ahora me odia,

escribo un viaje increíble
sin miedo a que
se venga abajo.

Escribo tratando de recuperar todo lo que fue posible o pareció posible tiempo atrás y me acuerdo de cuando ayer nos juntamos en aquella cafetería a la que tanto solíamos ir.

—¿Vais a ir a la mani la semana que viene?

—Yo si me veo con fuerzas iré con el colectivo.

—Genial. Nosotras depende de cómo nos veamos, pero sí querríamos pasarnos un rato.

—Yo creo que no iré, no tengo cuerpo.

—Si quieres te puedes venir con nosotras, vamos a ir de tranquis.

—¿Sí? Es que no me quiero meter donde la gente.

—Sí sí, nosotras tampoco.

—Vale, ¿os puedo confirmar mañana?

—Claro, como si nos quieres avisar un minuto antes.

—Vale, gracias, chiquis.

Esta conversación.

Esta conversación.

Qué ha pasado para que tengamos esta conversación cada vez que planeamos salir de casa.

El capitalismo permite que se frene absolutamente todo excepto el trabajo asalariado, que sigue rodando implacable mientras miro a estas tías tan llenas de vida que hace apenas unos años pararon aquel autobús fascista en plena calle gritando como energúmenas y ahora están todas de baja por ansiedad o depresión.

Pero el capitalismo es abstracto y gigantesco y no lo puedo quemar desde el asiento A24 del tren.

Así que saco el móvil y escribo, pero tras un par de frases mi dedo se mueve por inercia programada y abro instagram. Abro con asco instagram, está lloviendo, abro esta mierda que es la única ventana en la que no está lloviendo, no puedo encarar la escombrera que es este cierre de año, no puedo sostener mi reflejo en el cristal. Abro instagram y voy bajando de imagen en imagen sobre celebraciones y motivaciones para el año nuevo. Intento no dejarme arrastrar por la culpa de no tener ninguna, de no saber cuál debería tener, trato de volver de ese autosabotaje que es intentar calibrar el cuerpo según el discurso. Como tantas veces me ha pasado, miro atrás —no tan atrás— y me veo en la otra orilla: cuántos juicios silenciosos he emitido frente a las que no se deslomaban lo suficiente, no luchaban como era debido, flojeando en sus maneras. Cuántas veces he comprado ese discurso del esfuerzo que se nos vendió a toda una generación, arrojando mi frustración hacia el lugar equivocado: hacia los lados, hacia mí misma, cuando toda ella debería estar apuntando a bocajarro hacia arriba. Me removían quienes no se estresaban tanto como yo o no sufrían tanto como yo, porque mi estrés era síntoma de valía y fuerza y (socorro) compromiso-con-la-causa, y así es como el capital asesino se coló en el activismo que se suponía que hacía para defenderme de él.

Bloqueo el móvil, no puedo más. Afuera, el temporal arrecia y cierro los ojos, apretándome fuerte las sienes con los dedos. Sin pensarlo, como si de súbito fuera otra quien maneja mis gestos, vuelvo a desbloquearlo, busco el nombre de Ángela y, sin avisos ni preguntas, pulso el símbolo con forma de teléfono que brilla en la pantalla.

—Tía, perdona que te llame tan temprano. ¿Puedes hablar?

Yo la verdad que tuve una discusión con mi hermana, porque mi hermana, que yo le llevo diez años, tenía un novio que pinchaba muy bien. Y cuando traspasamos el bar dijo que no teníamos derecho a hacer eso. Yo: «¿Pero cómo no lo vamos a tener?» «¡No, porque no se puede privar de este bar!» Yo decía: «Pero bueno, que lo cojan...» Porque nuestra idea no era estar toda la vida en un bar, ¿entiendes Elisa? Yo de hecho, el día que lo traspasamos, me marché para América Latina. Yo en septiembre del '87 lo traspasamos y al mes estaba yo en México. Y luego ya fue cuando empalmé con Nicaragua y me quedé siete años en América Latina. Pero ya todo el mundo quería seguir con su vida, ¿entiendes?

Y sí, fue una casa, la verdad. Estuvo bien, de verdad, Elisa. Yo creo que si esto te lo cuenta otra, quizá diría «está exagerando como siempre», pero... Yo sí creo que es verdad, dentro de que yo sea así hablando, creo que es verdad lo que digo, no es falso. La cosa es que yo exagero un poco al contar las cosas, o las vivo de una manera... pero yo creo que es verdad lo que te cuento, sinceramente.

El bullicio de la música, risas y conversaciones a gritos se silencia de golpe y la imagen se congela. Estoy en el centro de La Santa, rodeada de figuras paralizadas en pleno éxtasis danzante, pies separados del suelo, copas y botellines desbordándose al chocar y gotas de Vol Damm sostenidas en el aire. Miro a mi alrededor.

Teresa tira con soltura una ristra de cañas.

Desde el fondo de la barra, Toya, inclinada ante unas mujeres que ríen a carcajadas, le guiña un ojo.

María José cambia con paciencia y soltura un barril.

En la puerta hay una chica joven que duda, con el pintalabios recién robado a su madre dentro del bolso, preguntándose si alguien la habrá visto entrar.

Doni sirve un vaso de agua a dos bisexuales que no sabrán que lo son hasta dentro de quince años.

Paso despacio por delante de la pancarta colgada en la barra y me acerco a la esquina de Toya. Observo con cuidado a las mujeres que ríen.

Una de ellas tiene lágrimas en los ojos.

TRES

Cuando yo muera
Mañana, mañana, mañana
Habrá cesado el miedo de pensar
Que ya siempre estaré sola

Ana María Moix / Sílvia Pérez Cruz

El año que cumplió cuarenta años y yo respiré por primera vez, Teresa fue detenida en Santo Domingo junto a Irene (su pareja), Toya (su amiga y ya ex-pareja) y otras cinco compañeras. Ella e Irene entraron en prisión.

Teresa estuvo casi tres meses presa; Irene, seis.

Nosotras habíamos ido al cine, nunca se me olvidará, a ver *Tomates verdes fritos.* Y entonces estábamos, creo que eran tres dominicanas, Toya, Irene y yo. (...) Y lo que llevábamos encima era una papelina, cómo sería que en el expediente decía «cantidad impesable, en la envoltura se detectaron residuos», me lo sé de memoria, «impesable». Pero en Santo Domingo no hay delito de posesión, siempre es tráfico.

Al salir del cine empezó a llover, entramos mojadas corriendo en la pizzería, nos sentamos e Irene se fue la primera al baño (...) Entonces Irene a la vuelta del baño, digo «ah pues dame un poco», y me pasó por debajo de la mesa la carterita donde estaba esa papelina con nada (...) Y muy cerca estaban los dos policías con sus novias, por supuesto de paisano, en otra mesa. Y vieron ese gesto. Ese gesto de pasármelo por debajo de la mesa lo vieron. Y yo me fui al baño. Y según salgo del baño noto lite-

ralmente el cañón de una pistola en la nuca y la frase: «Narcóticos».

Irene empezó: «¡Es mío, es mío, es mío!» Nos sacaron a todas al parking afuera, con la pistola en el cuello a mí... y «es mío, es mío» y esto era el año '92, Elisa. '92. (...) Nuestra única obsesión era que las dominicanas, que estaban aterrorizadas... porque ellas sí que conocen su país, porque nosotras pecamos de prepotencia europea, de pensar que allí es como aquí, ¿sabes? Y que bueno, dentro de unas horas salimos, ¿sabes? Así mismo, es la verdad, eso fue mal. Típico.

Ellos pretendían llevarnos a las seis, ¿por qué? Porque luego lo lees en el periódico lo de «entregadas siete camionetas a los agentes antinarcóticos que más detuvieron este mes», lo lees luego en el periódico. Nos sacaron al parking, nos pusieron contra la pared, las dominicanas aterradas (...) Total que después de un poco de forcejeo (...) nos quedamos las tres. Se supone que nos iban a llevar a las tres, pero Toya montó una película de su enfermedad, que era todo mentira, y de que ella como la llevaran ahora tenía la medicación en casa, un número tal que le dijeron «pues hala márchese» y nos llevaron a las dos. Es difícil de explicar y de entender, yo creo que ella misma no sabe cómo le salió bien. Ahora, afortunadamente se quedó Toya fuera porque se pudo ocupar de todo.

De todas maneras te diré que la inconsciencia... yo tenía cuarenta años, fíjate, el '92... es increíble. Cuando estábamos en la primera comisaría, había un teléfono. (...) Y llamé a Toya. ¿Y sabes lo que le dije? A casa donde estaba ella con su novia, le dije: «Mira no os preocupéis, yo creo que dentro de dos horas o así nos tomarán declaración y ya está». Yo tan tranquila, como éramos conscientes de que no llevábamos nada, Elisa, lo que decía el expediente: cantidad impesable, qué narcotráfico ni qué... yo tan tranquila. Pero ahí empezó un periplo que ni te imaginas. De ahí nos llevaron a un sitio, (...) bueno, esas celdas no te las puedo describir, eran dos celdas pegadas, una era de mujeres malas, como decían ellos, o sea que casi todas se dedicaban a la prostitución y así, y la otra eran mujeres buenas, que estábamos nosotras.

Total, que por fin vamos a una fiscal, que yo creía que nos iba a dejar en libertad y había pasado en total cuatro días, por fin nos reciben en un despacho, Toya también despliega todo, teníamos ya una abogada, bueno, pensamos que nos iban a poner en libertad con una multa o lo que sea. Y esta decide que nos ingresen en prisión.

Y entonces entramos en esa prisión.

Ocurrió hace cuatro años. Contraria al pronóstico matutino, tan solo una lluvia fina repiqueteaba contra la pista de hormigón. Desde la ventanilla podía distinguirse a los operarios enfundados en monos fluorescentes, asegurándose de que todos los maletones entraban, aun empapados, en la panza del avión. Otra vez se me había olvidado sacar el jersey grueso de la mochila. Estaba guardada en el compartimento de la parte superior del pasillo, pero ahora todo el mundo se empujaba impacientemente para llegar a su asiento y no tenía más ganas de reproches que de pasar frío. Mi mirada se posó sobre la mantita envuelta en plástico a los pies del asiento, pero todavía no quería sacarla: primero iba la negociación. Frotándome los brazos, eché la vista al frente. A la gente se la notaba nerviosa. Era comprensible.

Desde los altavoces, la voz de Amy Winehouse acolchaba el murmullo de los pasajeros y el tamborileo de las gotitas de lluvia contra los plásticos de las ventanillas. *We only say goodbye with words, I died a hundred times.* Cuando ya estaba acurrucándome, acechada por una tentadora sensación de sueño, un hombre con bermudas y una gorra de los Chicago Bulls se detuvo junto a mi fila, oteando el asiento dictado por su billete. Yo me enderecé, pero justo cuando me disponía a exponer la petición de cambiar asientos para hacerme con la ventanilla, él preguntó:

—Señorita, ¿le importa que se sienten ellos cerca del pasillo? Así desde el otro asiento puedo vigilarlos.

Escondidos tras sus bermudas, dos niños se agarraban la mano con timidez. El mayor llevaba una mochilita a la espalda y el menor contemplaba ensimismado las puntas de sus playeras de fútbol. Mientras yo me desplazaba con satisfacción hasta la ventanilla para dejar hueco a mis nuevos compañeros de vuelo, Amy se lamentaba por enésima vez de volver a la oscuridad en un hilo musical que, aparentemente, solo disponía de una canción.

Podía oírse la lluvia golpear ya con algo más de fuerza el caparazón del armatoste mientras este comenzaba a avanzar por la pista de despegue, cortando con sus alerones el silbido del viento. «Por fin», pensé. Era el último tramo del trayecto a Managua. La amenaza del huracán que se acercaba a Miami había causado la cancelación de montones de vuelos, siendo aquel uno de los últimos permitidos aquel día. En consecuencia, el avión iba medio vacío. Parte del pasaje había decidido quedarse en tierra, pero yo no tenía dinero para comprar otro billete y en ese momento estaba demasiado cansada como para darle vueltas. El reflejo en la ventanilla me devolvía un semblante de labios apretados, de ojos abatidos tras un verano amargo y sin cosechas. Con un respingo recordé de pronto desactivar el móvil. Un mensajito brillaba en la pantalla. Oli: «Buen viaje! Mañana hemos vuelto a quedar con Ángela, la chica que conocimos el sábado pasado, qué ganas de presentártela. Te queremos y aquí estaremos a tu regreso.» Posé un impulsivo pulgar sobre la superficie de vidrio cuarteada por rayajos, listo para desbloquear con dos toques las palabras de mi amiga y teclear una respuesta, pero en vez de eso apagué el aparato y lo guardé en el bolsillo.

A ver, es una cárcel tremenda, grande, de escalones de piedra (...) Irene y yo dormíamos en el suelo porque ya no había literas (...) Toya nos compró dos colchones para

el suelo. Si estás en celdas, cada celda tiene una especie de baño. Quiero decirte, una cortina de plástico y un agujero en el suelo donde haces todo (...) Pero si estás en el pabellón hay unas doscientas mujeres y solo hay dos baños para las doscientas. Entonces estar en celdas es un privilegio por el cual pagan algunas, (...) Y si eres extranjera, vas a celda, no vas a pabellón. No hubo que pagar nada, no les parece apropiado meterte en el pabellón.

Entramos en la cárcel, yo estuve dos meses, Irene estuvo seis. Bien. Yo puedo hablar de los dos meses míos porque fue una experiencia realmente, Elisa, creo que te lo decía ese día, si yo al entrar me hubiesen dicho que iba a estar dos meses, incluso seis, me hubiera quedado tan contenta (...) El problema es que no se sabía, no se sabía si ibas a estar meses, años o qué, ¿no? (...) Al cónsul de *Ehhpaña* yo no lo vi porque solo se dedica a jugar al golf, entonces no te preocupes que yo a él no lo vi.

Entonces en nuestra celda nosotras enseguida nos llevamos muy bien con las mujeres. La verdad es que yo notaba la diferencia de que nosotras —además estábamos dos, que imagino que también importa— que nosotras veníamos de vivir muchos años en América Latina, sobre todo tres años seguidos en Nicaragua (...) La otra única europea que había era una de Madrid que era una azafata de Iberia, que habían pillado en un coche alquilado, fíjate, con un novio que tenía jovencito. Y ella tenía una hija de quince años, o sea drama, en Madrid, horroroso (...) Con lo cual imagínate, una papela de medio gramo en el suelo de un coche de alquiler (...) Entonces lo primero que hicieron fue separarlos, porque él era un hombre, y mandarlo a otra cárcel, con lo cual para ella también fue eso muy duro. Y luego la situación de no tener a nadie fuera, porque nosotras teníamos a Toya (...) Pero esta otra se vio sola.

Y Toya cada vez que iba a llevarnos comida te juro yo pensaba "menos mal que a Toya no la metieron", porque todo lo contrario que Irene y yo es Toya. (...) Irene estuvo cinco años en Nicaragua, la ataban a la cintura para bajar a plantar los plátanos, con lo complicado que es, las zonas de guerra, trabajando exclusivamente con los colectivos de mujeres... Date cuenta que la echaron de una ONG nica ¡por "promotora del lesbianismo"! (...) Pero Toya se hubiera muerto, se muere realmente. Entonces de ahí te juro que ya empezamos a enrollarnos bien, yo te juro que cantábamos rancheras, Los Tigres del Norte, a una un día le leí de la Biblia los pasajes que le gustaban porque era testiga de Jehová y decía que qué lindo leía yo. Pasábamos el rato como podíamos.

Yo iba mucho a la celda de las colombianas, porque me caían muy bien, eran las mujeres con las que más podía hablar de cosas (...) El veinticuatro de junio celebramos el cumpleaños de Irene, tenemos una foto, si la encontráramos... que nos hizo el fotógrafo que te hace las fotos de perfil y de frente cuando entras. Esas fotos contra la pared que te hacen para la ficha policial. ¡Pues nos hizo una foto en la celda! (...) Nos empezamos a llevar muy bien con las mujeres.

Total, que la cárcel no sé cómo contarlo (...) Mira, no se parece nada a la idea que puedas tener de una cárcel aquí. Porque yo sí conocí muy bien la cárcel de Picassent, porque creo que os conté que Irene estuvo en Picassent a propósito de que yo hice los vis a vis con una mujer, cómo me miraba la policía, eso os lo conté, ¿no? Bien. Entonces, no se parece nada. No hay esos locutorios con un cristal, a través del cual ves a la gente que te va a visitar una hora los fines de semana como es aquí, no, no. Allí el día de visita, que son nada menos que lunes, miércoles y viernes y todo el fin de semana, se abren las puertas y entra todo el mundo. Con el claro sesgo de género, ¡que nos viene muy bien! En la cárcel de mujeres solo entran mujeres de visita, ¿eh? Solo. Entonces se abre la cárcel y entran todas. Entonces entran por las celdas, suben, bajan, todo.

Mira, imagínate que había colmados, mujeres que venden todo, que les traían de fuera, porque había un trasiego de fuera a adentro, distintos presos que meten todo pagándoles unos pesos de la reja de fuera a dentro, ¿no? Por ejemplo, el nuestro se llamaba Muerte, no te digo más. Toya llegaba a la reja de la calle, hacía la cola y decía: «¡Muerte!» Y Muerte venía y le daba a ella las bolsas para nosotras, la comida, todo, cada día.

Más allá de conocer mundo y reencontrarme con viejas amistades, el viaje tenía otro propósito. Me daba vergüenza admitirlo; por eso no lo había hecho. Tampoco habría sabido explicarlo. Además, sabía suficiente sobre antirracismo como para conocer las implicaciones de viajar al Sur Global —desde un país en deuda colonial, encima— con algún tipo de finalidad espiritual. Esa carga era mejor no declararla en aduana. Por un lado, me sentía una hipócrita. Por otro, tampoco estaba segura de que se tratara de eso exactamente. No había elegido destino siguiendo un criterio muy selecto, podría haber acabado rumbo Finlandia o Alaska. Solo quería irme lo más lejos posible. Dejar el piso, dejar el trabajo, comprar un billete solo de ida por lo que pudiera pasar: una operación kamikaze que ya había puesto en marcha en otras ocasiones en direcciones distintas, con inesperados resultados, aunque nunca tan pelada de dinero. Me daba un extraño gustito tomar decisiones tan aparentemente descabelladas respecto a mi Futuro™, un gustito como de maniaca saltando de un edificio que explota con un gatito en los brazos. A lo mejor porque tenía la sensación que no llegaría a vieja, o de que el futuro que me esperaba era solitario porque no coincidía con ninguno en el que me hubiera visto reflejada. O a lo mejor me lo tenía que haber pensado dos veces. Quién sabe.

Tampoco me habían criado como una persona religiosa, pero sospechaba que en lo que me movía había algo parecido a lo que mueve a otras personas a conducir durante horas para exfoliarse espiritualmente ante alguna virgen. Mar me dijo una vez que, cuando una es carne de secta, tiene al menos que saberlo para que no la capten. En ese momento puede que yo misma fuera un poquito carne de secta, lo admitiera o no. Lo frágil se corrompe fácil. La pérdida pesa como piedras saladas resecando la bolsa del estómago y a veces emerge sedienta la necesidad de deshacerse de ellas, llevarlas lo más lejos posible y arrojarlas en un río sin nombre. En un aula se diría: cerrar un proceso. En un parque: superar que en una semana te has quedado sin novia y sin abuelo.

El avión dio un par de sacudidas, como un toro tratando de quitarse de encima al idiota que pretende montarlo. Saqué la mantita del plástico transparente, me envolví en ella como pude y cerré los ojos.

De pie sobre un escenario soleado. En vez de público hay océano. Agarras el micrófono para cantar, pero tienes los labios cosidos. Al intentar arrancarte los cordeles, estos vibran y suena una música. Viene de dentro, viene de fuera. Alzas la mirada y a lo lejos las ballenas han salido a respirar, la luz centelleando sobre su inmensidad turquesa, dejándose caer sobre el agua fresca.

Cuando una piensa en un animal que canta, siempre piensa en pájaros, nunca en ballenas.

Una me dijo que si era de ambiente... no, gay, gay, que si era gay. Y yo le dije, "pues sí". Y me dijo que ella también y estaba tiñéndose el pelo, me acuerdo, en una fuente que había en el patio, ahí nos hacíamos todo en la

fuente. Esa es la que tenía una novia que era su abogada, pero dormía en el pabellón. Y fuimos bastante amigas y un día llegaron y las pillaron, como en el pabellón entre cama y cama había una cortinita, estaban ella y la abogada, no sé si se estaban abrazando o qué, porque no creo que pudieran estar mucho más, a ver si me entiendes. Y entonces la trasladaron. El traslado es... condena mayor. Si te amenazan con traslado es... traslado quiere decir que te llevan a una cárcel que está a trescientos kilómetros y el día que te toca ir, como llaman, a justicia, pues no hay gasolina, o no hay coche, o no hay camión y te pasa el tiempo. Por lo menos esta está en la ciudad, en la capital. Entonces nos pudimos despedir en la escalera a gritos, que se la llevaban, y me acuerdo de que tenía un billete, no sé si serían veinte pesos, y que se lo pude dar de lejos, a través de la barandilla (...) Y ahí fue horrible porque la trasladaron. Todas te decían qué horror, qué horror, traslado qué horror. Entonces fue la única en realidad con la que hablé de ser lesbiana dentro de prisión.

Me acuerdo que el primer día que entramos, Toya vino con la lección aprendida que le habían dicho todas las dominicanas, de que si teníamos alguna joya que se la diéramos a Toya porque nos lo iban a robar todo. Bueno, jamás nos habrían robado nada, Elisa, jamás. Era todo fantasía. Que tuviéramos mucho cuidado porque eran muy peligrosas: en absoluto. Que no se me ocurriera decir que era lesbiana, bueno, todas lo sabían, de hecho una mañana pasó una cosa increíble. Estábamos dormidas y pasó la guardia y estábamos cada una en un colchón ahí en el suelo, que por cierto a veces nos pasaban cucarachas por encima. E Irene tosió. Y yo oí que la policía le decía a la otra: "Mira, está aliviado". Aliviado es catarro allí. Y le dijo la otra: "Será aliviada". Y dijo ella: "No no, aliviado, ¿no ves que es el marido de la gorda?" Que era yo. Es decir, ¡lo sabían! ¿Entiendes? Así hablaban, el marido, en esos términos. Pero bueno.

Las mujeres nos hacían mucho santería. Bueno, se llama vudú en Santo Domingo. Nos encargaban cada día, te tenías que endulzar con miel, comprar tales flores, tales hierbas, tales velas. Velas se vendían en la celda tal, ibas cada noche, comprabas dos velas y al día siguiente por la mañana te las leían.

Luego nos hacían recuentos pesadísimos continuamente. Y nunca les salían las cuentas, hija, venían las policías y yo me acordaba de la dictadura cuando decíamos "alfabetización de los cuerpos represivos", yo pensaba, es que es así en todos sitios. Porque cada vez que nos contaban sobraban dos, faltaba una, que decíamos bueno, ¡a ver qué pasa hoy con el recuento! ¿Sabes?

Luego es verdad que estoy contando la parte bastante frívola porque yo estuve que no llegó a tres meses, Irene seis. Pero había condenas a treinta años, Elisa. Las colombianas estaban a treinta años (...) Dependía de qué juez te tocaba, pero vamos, todo era espantoso, eh. Porque además no te puedo hablar de las que estaban por asesinato porque bueno conocí a dos, pero que estaban por droga todas las demás.

Estoy hablando de hace casi treinta años. Fue el año además del famoso 5° Sanguinario[2], ¿te acuerdas? Y entonces fue el papa a Santo Domingo, hicieron un faro para que la luz se viera desde todo el Caribe y no te imaginas el gasto que fue. Hablábamos mucho de política, de la vergüenza, de España, de la conquista, de todo.

Me desperté de golpe. El avión volvía a convulsionar, esta vez con más fuerza. El incipiente huracán aullaba y parecía habernos alcanzado. No se veía nada más que las luces rojas de las alas luchando desesperadamente por abrirse paso en la oscuridad. Las sacudidas se convirtieron en bandazos cada vez más violentos hasta que el equilibrio se rompió.

El avión comenzó a caer en peso muerto hacia el vacío.

El terror se infló como una burbuja en el centro de mi pecho y traspasó los límites últimos que conocía. Traspasó el confín delimitado hacía unas semanas, al recibir la noticia del accidente del abuelo. Traspasó la huella del banco de medusas gigantes que me rodeó con trece años cuando trataba de alcanzar la boya a nado. Adelantó, como en una pista de atletismo, la marca trazada por las amenazas de suicidio de Ann al sospechar que la relación se terminaba, que a su vez habían sobrepasado las de mi

---

[2] 5° aniversario de la invasión y genocidio de Europa a Abya Yala (Latinoamérica) en 1492.

primer novio. Aquel terror desbordaba en su violenta expansión todos los antiguos terrores descarnados: la cita que casi termina en violación, la vez que me perdí en la playa de niña. Era un terror que brotaba donde acababan los mapas, sobrepasando toda topografía emocional conocida. Una violenta descarga eléctrica y a la vez un bálsamo, porque aquel terror traía consigo algo nuevo, algo que no trajeron los demás: una certeza.

Sabía, sin lugar a dudas, que iba a morir.

En la celda pegada a la nuestra nos hicimos entre todas amigas, sobre todo Mercedes, que era una mujer negra que estaba embarazadísima, que parió allí. De un vasco. Entonces el vasco la había dejado embarazada y ella quería un nombre vasco, me acuerdo que nosotras le llamamos Ander porque fuimos sus madrinas. Entonces eso fue tremendo, la noche del parto, serían las ocho o así. Yo veía unos coágulos de sangre en el suelo en aquellas escaleras, que la bajábamos que no podía andar, unos escalones de piedra…

Entonces yo ya me puse como una fiera, me fui a ver al alcaide (...) Cuando eres europea te escuchan más, yo le hablé muy seriamente, le dije "mire, va a tener una muerta hoy, tiene que hacer algo" (...) El cura no quería llevarla porque le iba a manchar el coche de sangre. Como lo oyes. Entonces avisé a Toya, Toya la recogió con el coche de su novia y nos contó luego... «¿Que os parece

mal la cárcel? No os imagináis el hospital». Parió esposada a la cama. Toya tuvo que comprar el hilo para los puntos, la sangre que le tuvieron que poner por lo que perdió… había que pagarlo todo.

Y cuando volvió pues volvió con el niño que fue, imagínate. Yo tenía algunas fotos que habré perdido con aquel bebé (...) Aquel niñín tan precioso... entonces Ander, hasta unos playerinos diminutos le compramos, bueno, Toya. (...) Todo lo nuestro era también para Mercedes. Y para el niño hicimos lo que pudimos. Era más rico...

Todo sucedió en segundos, pero es cierto aquello que dicen de que, ante la presencia de la muerte, las fibras del tiempo se dilatan hasta rasgarse. Mi primer impulso fue girarme para abrazar al niño sentado a mi lado, movida no por un bondadoso instinto protector, sino por la necesidad ancestral de morir acompañada, abrazada a otro ser humano. El niño, como es natural, estaba ocupado abrazando a su hermano mayor. No parecía haber mucha cabida en ese momento tan intenso para una desconocida, ni tiempo para gestionar una autoinvitación desubicada. Me sorprendió sentir en los últimos momentos de mi vida una emoción tan banal como la vergüenza. La sensación de ridículo casi me dio risa, la risa macabra de ser la única partícipe en un chiste que nadie nunca sabría. El avión caía. No lo pensé. Me abalancé al teléfono con intención de llamar a Oli.

En ese momento, la piloto retomó el control y, tras otro par de tremendas sacudidas, estabilizó a la bestia.

Y mi obsesión sobre todo era lo de mi familia (...) Mi obsesión era cuando se enterasen mis padres, ¿sabes? Qué horror, qué horror.

Una noche cuando nos estaban leyendo las manos, me dijo: «Tú no quieres que tu familia lo sepa y tu familia ya lo sabe». Y yo pensé: «Bah, seguro que dije muchas veces 'qué horror cuando se enteren en mi casa'». Y al día siguiente por la mañana vino Toya y me dijo que la llamó mi padre, que qué horror, que salió en el periódico de Gijón. En el periódico: «Dos españolas detenidas por narcotráfico en Santo Domingo». Así se enteraron en mi familia, por el periódico.

Al final yo salí a los dos meses y tres semanas, no llegó a tres meses. Total, que a mí me mandaron para España. Entonces tres meses después salió el juicio de Irene y claro, si tú no te presentabas, que yo era la testiga principal, hay lo que llaman *reenvío*, es decir, otros seis meses mínimo. Yo estaba totalmente empeñada en ir. Y esa fue la vez que yo más le grité a mi padre y a mi madre que era lesbiana. Porque a ver, no sé si te das cuenta de lo que era ser lesbiana en los años setenta, Elisa, es difícil de ver. Pero es que en los setenta era tremendo, los setenta es que te estoy hablando de hace cincuenta años en este país que había salido de una dictadura, bueno aparte que mi familia fuera muy conservadora, pero daba igual. Si

hoy todavía a muchas familias no les parece bien que su hija sea lesbiana, imagínate hace cincuenta años. Pero yo ese día no pude más. Yo estaba mal porque estaba discutiendo que me marchaba y estaba en Gijón, y me dijo mi padre que de ninguna manera. Era muy autoritario. Yo por supuesto iba a hacer lo que me diera la gana, tenía cuarenta años, eh, quiero decirte, pero bueno, de todas maneras él me estaba... como me habían sacado con lo del obispo y todo aquello... y me dijo mi padre que de ninguna manera podía yo volver a ese país porque no me iban a dejar entrar además. Total, que yo ya me dio el ataque y dije: «¡Pues voy a ir y además te digo una cosa!» Mi madre también, eh. «¡Si mis cuñadas estuvieran en la cárcel en Santo Domingo, a ti te parecería lo más lógico que fueran sus maridos! Y por lo tanto, yo no soy…» ¿Cómo fue lo que dije? «Yo no soy…» No sé si dije hetero o qué dije. Sí que dije: «¡Tengo otra opción en la vida!», dije. Todo esto llorando, eh, gritando. «¡Y pienso ir!» Bueno, por supuesto mi padre y mi madre lo oyeron, Elisa, literalmente como quien oye llover. O sea, no lo procesaron. Pero desde luego no volvieron a hablar más, ¿sabes? Y yo me marché.

Entonces la llegada a Santo Domingo también fue alucinante porque yo, cuando me deportaron, yo sabía que alguna amiga de aquí tenía que estar fuera. Claro, Toya había tenido que volver (...) Y yo sabía que alguna de aquí… porque si no, no se mueve nada. Quiero decir, si tú quieres que un papel llegue de aquí a allí le tienes que dar un sándwich de jamón y queso a la funcionaria y si quieres que se mueva le tienes que dar un billete al policía y tal. Yo sabía que necesitábamos una amiga.

Fue Encarna. Estuvo allí, ocupándose de Irene todos esos meses que yo no estuve (...) Yo me bajo del avión y antes de las taquillas de migración se me acerca alguien del consulado de España. Y me dice que no puedo entrar porque si entro, voy a meterme en la boca del lobo (...). Y yo veía detrás de las ventanitas de donde te piden los pasaportes a Encarna haciéndome gestos con la mano de: «¡Tú pasa de todo y ven p'acá!» ¿Sabes? Yo le dije: «Vale vale muchas gracias por la información» y entré.

Nosotras luego teníamos muchas visitas de las otras dominicanas que conocíamos, sobre todo Jacqeline, que es una muy amiga nuestra que declaró en el juicio (...) Ahora vive en México. Con esas mantuvimos contacto mucho tiempo. De hecho ahora, el día 3, fue el cumpleaños de Jacqeline y le escribí. Y ella declaró en el juicio. Que mira, nos pusimos de los nervios el día del juicio porque Jackeline no llegaba y era la testiga principal, sobre el comportamiento bueno de Irene, esas cosas. Entonces Jacqeline llegó tardísimo ¡porque había ido a la peluquería! (...) ¿Entiendes? Para estar bien para el juicio. Jackeline es mi amiga, hace mucho.

La despedida fue triste. (...) Nosotras estábamos esperándola afuera, Encarna y yo. Cuando ya por fin nos dijeron que sí que le daban, ya habíamos pagado el sándwich de jamón y queso, el papel del policía, el otro... y ya

estábamos en la calle. Pero no íbamos a poder celebrar porque cuando sales te llevan directamente al aeropuerto. Agentes con chalecos de la DEA, ¿eh? Directamente al aeropuerto. Entonces nos despedimos en el aeropuerto y yo al día siguiente cogí otro vuelo.

La sensación de absoluta certeza de un final se desinfló. Sentí como si el nivel del agua bajara de golpe y una bocanada de aire volviera a dejar pista libre en mi interior para todo tipo de emociones e ideas mundanas. El primer pensamiento que me vino a la mente (el cerebro es un órgano misterioso) fue un capítulo de *Friends*. El estúpido de Ross confunde el pinchazo de una rueda con un disparo y se dedica a aburrir al resto del grupo con el relato de su supuesta experiencia cercana a la muerte y su renovado respeto por la vida. Allí, con el corazón latiéndome en los oídos, recuperando el aliento y sostenida a miles de metros sobre el suelo, me sentí más cerca de Ross que de ningún iluminado batido en duelo con la muerte. Escarbé en mi interior, pero no encontré ningún renovado respeto por la vida. Ni siquiera el eco de aquella conocida catarsis vinculada al sentimiento de volver a nacer. Por mis venas solo corría, tan simple y torrencial como el agua, el mero asombro de no estar muerta. También cierto sentido del ridículo. ¿Ya estaba? El vuelo seguía su curso, igual que la vida, con pasmosa continuidad. Una mujer mayor pedía un vaso de vino unos asientos más adelante. Nadie lloraba, nadie buscaba, como yo, complicidad en otra mirada, la complicidad de «qué fuerte que casi nos matamos». ¿Igual no había sido para tanto? ¿O se trataba de una estrategia colectiva de disociación? ¿De verdad había sido yo la única idiota convencida de que iba a morir? Era como si el medidor de realidad se me hubiera estropeado en aquella (¿breve? ¿larguísima?) caída al vacío. ¿Estropeado o quedado al descubierto? O como si se hubiera cumplido una perversa proyección que ni siquiera era consciente de haber deseado. A mi lado, el niño al que había estado a punto de abrazar en pleno ataque existencialista hurgaba en su mochila. Agradecía no haberlo hecho, teniendo en cuenta que aún me quedaban otras cinco horas de vuelo a su lado. Ajeno a la incómoda situación que acababa de esquivar, el niño sacó una tablet y se puso a jugar al Angry Birds.

Y por fin ya el día que ya iba a ser la libertad de Irene (...) compramos las tartas que a ellas les gustan, que son esas azul pálido, verdes, ¿sabes cómo son? Amarillo, el merengue, rosa, esas tartas que les encantan. Y llegamos con la tarta y por supuesto el policía, además ese sí que nos miró con unos ojos de... cogió el cuchillo y la rajó a derecha, izquierda, porque se supone que pasas droga, ¿entiendes? Esa es la idea para destrozártela. Pero la pasamos igual.

Cuando te vas, ellas te tiran agua desde todos los sitios para que no vuelvas, las presas. Para que no vuelvas. Sí, te van tirando agua desde la escalera, tal, tal, como diciendo «para no volver, para no volver». Y fue una ex-

periencia preciosa, de entre todas, ¿sabes? Luego habría de todo, a ver, no quiero romantizar (...) La verdad es que estás deseando salir, te tiras en el suelo de la celda con las rejas, porque te dicen ellas que se ve la luna desde tal punto y te tiras hasta que la ves en la esquina.

Yo le decía a Toya: la pena es que no lo veas de noche. Porque cuando entran las visitas, como entran a todas las celdas, tú llegas y está todo ordenadito (...) ¡Pero de noche se arma la de Dios! Porque ya no hay visitas. Entonces de lado a lado se tiran cuerdas para tender las bragas, los sujetadores, todo (...) Entonces tienen mucha habilidad para pasarse mensajes y papeles, ¡shiuuum! Y luego suena a la vez: varias televisiones, telenovelas distintas, que gritan cuando se besan y tal, música, merengue todo el rato, es como una película de Almodóvar, te lo juro, de noche.

Sí que era una casa. Era una casa porque te sentías bien. (...) Pero en la cárcel nos unía el estar en la cárcel. Creo que no hay otra expresión. Siempre hay diferencias, de clase, para empezar nosotras no éramos negras y éramos europeas y teníamos otro poder adquisitivo y todo. Pero quieras que no, estabas en la cárcel. Para ellas, seguías en la cárcel, no tenías libertad para salir (...) Yo creo que lo mejor fue que fue una sensación de estar en una casa. Lo llamaría una casa provisional.

Resignada a mi papel de Ross, decidí seguir sus pasos y repasar lo ocurrido en lo que acababa de vivir. Si me hubiera dado tiempo, mis supuestas últimas palabras las habría escuchado Oli. Luego habría tenido que volver a llamarla para aclararle que todo estaba bien, que seguía viva, y después disculparme durante dos o tres semanas por darle el susto de su vida. Tampoco significaba que Oli fuera La Persona Elegida por encima de otra persona a quien también quisiera profundamente. Dentro de unos obvios parámetros, la elección había sido tan aleatoria como la de Nicaragua frente a Alaska. Pero mientras caía (¿se podía hablar de una caída o habían sido unas tontas turbulencias?), ni Ann ni el abuelo habían ocupado mis pensamientos. Tanto drama y tanto dar la matraca durante las últimas semanas a todo mi entorno para que los dos se hubieran quedado fuera de esta catarsis premortal, que por lo visto también había resultado ser un fracaso. Me entró la risa, parecida a la risa tras el chasco de ver que el niño al que pretendía abrazar ya estaba cogido. Lejos de sentir que todo cobraba una brillante trascendencia, la vida me parecía una broma. Nada era tan importante. Me sentía pasmada ante lo ridículo de la planificación mental que había trazado sobre mis propios duelos. Lo ridículo de mis intenciones al subir a aquel avión, lo ridículo de la muerte, de pensar que alguna vez un proceso se cierra del todo. Lo absurdo de creer que, cuando un avión se desploma unos cuantos metros en el vacío, lo que queda es una revelación iluminadora y no un miedo crónico a volar.

Cuando estaba convencida de que iba a morir me había inundado, de alguna manera, una violenta tranquilidad. Por un lado, había sentido la certeza absoluta de un proceso cerrado, o más bien partido de un hachazo. Por otro, la armonización total de mis emociones con la realidad presente. Mientras caía no podía buscar ansiosamente soluciones a ningún problema, ya no tenía sentido nada más que ser consciente de lo que estaba ocurriendo —o de lo que creía que estaba ocurriendo. Ahora, ante la amenaza de que volviera a ocurrir, había vuelto la ansiedad. Las siguientes cinco horas de vuelo no serían de descanso, sino de alerta y tensión anticipatoria. Deseaba vivir, pero no a costa de una revelación que me resolviera de golpe los duelos. Además, de haberla tenido, habría dado lo mismo: volvería a sentirme abrumada toda la vida por todo tipo de problemas.

Las revelaciones están bien pero, igual que las casas, no se mantienen en el mismo estado para siempre.

Sin embargo, el avión aterrizó. Por los altavoces volvió a sonar *Back To Black*. Esa vez, esta dudosa superviviente se salió un poquito de su autorrelato, ya en ruinas (¿ella? ¿el relato?), para escucharla. *We only say goodbye with words, I died a hundred times*. Ni cierres, ni puertas, ni cortes limpios. Solo tenía palabras y la capacidad de ordenarlas más o menos convincentemente. Al menos, Amy no se engañaba a sí misma. Podía darme la vuelta, volver a Madrid: ya no iba a encontrar nada que no se me hubiera aparecido con la certeza del final trepándome por la garganta, mucho menos el broche de un duelo.

Desde luego no más que en cualquier otro lado. No era un final feliz, pero tampoco lo habría sido reventarme el cuerpo en mil pedazos contra la costa. Y en cambio, el avión aterrizó y mi mochila seguía intacta. Probablemente toda la vida continuaría cargando con las heridas de Ann, continuaría llorando al escuchar las canciones de guerra que tocaba el abuelo. Estaba bien. Curiosamente, saber que no habría un final definitivo me había traído alivio: ya no hacía falta buscarlo.

Recuerdo que, cuando mis pies tocaron tierra, saqué el teléfono y llamé a la abuela. Después busqué el número de Ann y lo borré.

Y una cosa que pienso ahora que soy mayor, que yo ahora cuando voy a una reunión, por ejemplo en Valencia la asamblea feminista, yo llevo una sillita plegable de esas que compré en el bazar, que tiene un asa y la abres. Porque yo no me puedo sentar en el suelo, como todas allí en Valencia en el parque a hacer asambleas, porque luego a ver quién me levanta, ¡tendrán que llamar a una grúa! En cambio, una de las imágenes que me vienen es cómo me levantaba yo del suelo en la cárcel. Se lo decía el otro día Toya, porque estábamos todo el día sentadas en el suelo, no había sillas ni mesas ni camas, te podías sentar en la litera de una pero la cabeza no te daba para estar sentada bien. Entonces yo decía: "¿Cómo lo hacía?" Y decía Toya: "Pues porque eras joven." Que era joven. Pero bueno, cuarenta, que a ti no te parecerá joven, pero cuando seas de mi edad, verás que cuarenta es muy joven.

CUATRO

I don't mind failing in this world
Don't mind wearing the ragged britches
'Cause those who succeed are the sons of bitches
I don't mind failing in this world

Malvina Reynolds

Nosotras, por supuesto como todas, siempre habíamos pensado que algún día en la vejez, el día de mañana, qué ideal sería que pudiéramos vivir juntas, tanto la vejez como a partir de los cincuenta... pero tampoco lo habíamos hecho nunca. Pero María José, que es como mi familia, (...) María José vivía en Oviedo y yo como andaba por el mundo, por América Latina, yo no estaba aquí instalada. Y aparecieron unos pisos que eran de suelo concertado. Suelo concertado no es protección oficial, es para gente que no tenga ninguna propiedad (...)

María José enseguida buscó uno porque ella quería un ático, una terraza... ella siempre empeñada en que yo cogiese otro al lado de ella. Y yo no quería comprar un piso. Yo toda mi vida pensé que no quería comprar un piso. Total, que después de mucha insistencia acabé... también porque mi padre se murió y nos dejó algo de dinero para la entrada, que eran pisos muy baratos (...) Nos mudamos hace diez años más o menos. Pienso que tendríamos cincuentaymuchos años. A lo mejor entre cincuenta y cinco y cincuenta y ocho. Y fue curioso, porque cuando fui a firmar a la Consejería de la Vivienda (...), como el requisito es no tener nada a tu nombre, tooода la gente que estaba firmando tenía en torno a treinta años, menos

yo que les llevaba veintipico. Porque toda la gente joven se compraba su primera vivienda. Y yo era la única señora mayorcísima que compraba su primera vivienda. Se notaba mucho eso, que nosotras vinimos tarde.

Me molesta no recordar la primera vez que escuché algunas de las canciones que más me emocionan ahora. No consigo rastrear la línea más que hasta un borrón cuando las revisito pasados los años y por eso procuro estar atenta la primera vez que escucho una que me parece especial. Pero no me ha vuelto a pasar, desde hace tiempo, que una canción me atraviese como un rayo. Por eso cuando hace un par de noches escuché por primera vez *I Dón't Mind Failing*, de Malvina Reynolds, me quedé quieta, alerta, como un animal en guardia ante un crujido entre los árboles.

Acababa de volver a casa tras quedar con Ona en nuestra terracita y había tirado la tote bag sobre la cama sin quitarme el chaquetón. No podía parar de reproducir un momento concreto de la tarde en mi cabeza: entre esas risas que, aun genuinas, rellenan los huecos en la historia que cuenta la otra persona, se me había escapado una carcajada completamente inesperada, llena de ternura y nacida de un recoveco abandonado de mi pecho. Como una chispa o como el chasquido de la cadenita de una lámpara vieja que alguien encuentra en el fondo del trastero y enciende para comprobar si aún funciona. Sobresaltada, intenté recuperar rápidamente el control sobre mí misma. Creo que Ona lo notó, pero no dijo nada.

En el camino de vuelta a casa anduve rápido, de la misma manera en que se huye del supermercado en el que se acaba de robar.

La tote bag tirada sobre la cama, el chaquetón aún calentándome el cuerpo. Todavía no nos habíamos sacado completamente de encima el invierno —ese invierno húmedo y poroso de Barcelona al que ya he asumido que no me acostumbraré jamás— pero ya podía volver a acurrucarme en las baldosas de mi minúsculo balcón, escuchar música compuesta hace un siglo y fumarme ese cigarro tonto que me apetece a veces cuando ya se ha hecho de noche y que nunca consigo terminarme. Encendí la hilera de lucecitas que rodean la barandilla y lo prendí de un chasquido que me calentó la punta de la nariz, pero no llegué a darle una segunda calada. Las primeras palabras de Malvina suspendieron mi mano en el aire, el humo azul deshaciéndose en la oscuridad. Me acuerdo perfectamente de aquellas primeras palabras, como un mensaje del pasado o del futuro (¿existe una diferencia cuando no sabes hacia dónde vas?) brotando en pleno corazón del barrio de Sants. Su voz quejumbrosa pero optimista desbordó la habitación y se perdió en el cielo nocturno. Los pensamientos que revoloteaban sobre los tejados se fueron posando en un cable como sombras de golondrina, como llamados por la vieja grabación. Aquella manera hipnótica y catártica de escuchar, perdida en algún punto de la adolescencia, iba desmenuzando las paredes de mi vergüenza y arrojaba sobre ellas una nueva luz y juro que entonces el fracaso empezó a desdibujarse en algo parecido a una butaca donde descansar. El recoveco de mí que más y mejor escondo tenía de repente una grieta y por ella se había colado aquella luz tibia, la voz tranquila y ronca de Malvina. Le tenía tanta angustia a aquel lugar que nunca había entrado acompañada, pero a ella no le importaba habitarlo. Ella ya estaba allí desde antes de que yo naciera. Le cantaba tranquila, como a un rincón sagrado y pequeño, le cantó hasta ahuyentar a los fantasmas o dormirlos al calor de la lumbre. Al terminar, el cigarrillo ya apagado seguía inmóvil sobre el cenicero, descansando ante mis ojos fijos en ninguna parte. Parpadeé, me levanté y la reproduje de nuevo, una y otra vez, mascando las palabras como un mantra: No me importa fracasar en este mundo. No me importa fracasar en este mundo.

Intento fijar ese momento en mi memoria como el primer encuentro con alguien que intuyes que se quedará mucho tiempo en tu vida.

Ona no me ha empezado a gustar ahora, pero es ahora cuando me he dado cuenta. Eso me descoloca y, sinceramente, me indigna. Suelo saberlo cuando me atrae alguien, es algo que se sabe, claro, pero esta vez se me han escapado todas las pistas. Y quiero fingir que no sé por qué, pero sí lo sé. Lo sé perfectamente. Siempre que me atrae alguien, la primera pista es la misma: saber primero que a esa persona le atraigo yo. Me fijo en quien, claramente y sin duda, se ha fijado antes en mí. Mi deseo, ese que tanto reivindico y que tanto me empeño en politizar, en el fondo no es más que un mero espejo. Mi deseo es como el agua de un lago, que se llama lago porque lo que refleja es un bosque frondoso de araucarias, pero si reflejara una sucursal de banco en una calle ruidosa lo llamaríamos charco. Mi deseo es un fraude y me empeño en hablar de él como si significara algo, cuando realmente no tiene más nombre que el que le confiere una mirada arrojada desde ese lugar tan lejano que es otra vida.

Limitarse —abandonarse— a tener algo que reflejar tiene sus ventajas. Seguridad, una cierta sensación de control, que no son moco de pavo cuando sientes que tu vida adulta va a la deriva y nunca podrás encontrar un trabajo en el que no te fuercen pasivo-agresivamente a saltarte tus propios derechos laborales. Un deseo entrenado para no extender las alas sin recibir una señal luminosa desde la pista de despegue es un deseo a prueba de colisiones. Y sin embargo tiene un precio: no estar nunca segura de si ese deseo es realmente genuino, si sería igual de hermoso y radiante si no hubieran aparecido las araucarias, o si fuera un árbol o un ave cuál sería, si podría existir en el vacío, tembloroso y vulnerable, que es el estado más bello y aterrador en el que puede existir el deseo.

Pero ahora, por primera vez, no hay nada que reflejar. No tengo la más mínima idea de si esto que ha enraizado caóticamente en mi estómago es recíproco. Es más, creo que no. Y sin esa certeza, mi deseo sin forma ha pasado desapercibido, revoloteando translúcido entre los dedos de Ona liándose un cigarro, enredándose en su mechón rizado cayendo al vacío y no he reparado en él hasta que se ha escapado, harto de ser invisible, en forma de estrepitosa carcajada.

Malvina Reynolds llegó tarde a la música. ¿Llegó o vino tarde, como dice Teresa? Venir implica que hay alguien esperando esa llegada, incluso cuando una aún no lo sabe. ¿Qué sentido tiene llegar, si no? Malvina Reynolds, dice Wikipedia, comenzó su carrera musical con más de cincuenta años, más o menos en la época en que nació Teresa, y compuso este y otros temas pasados los sesenta. Su mayor éxito, *Little Boxes*, es una burla afilada de la homogeneidad de los suburbios estadounidenses.

And the boys go into business
And marry and raise a family
In boxes made of ticky-tacky
And they all look just the same

Lo que me hizo levantar la mirada hacia la ciudad centelleante desde mi balconcito no fue la letra de *I Don't Mind Failing*, sino el hecho de que la voz entonándola fuera la de una mujer mayor. Sus palabras no eran una quimera fruto de una rebelión joven, un optimismo sin luces largas. No, Malvina está diciendo que ya ha vivido, que ha mirado el mundo desde la linde del camino y que está en paz habitando lo que se suele llamar fracaso, porque el éxito es un lugar engañoso: parece un lago de araucarias pero es un charco, un espejo roto, un espejismo de plástico barato. Malvina se deja la voz en recordarnos que todo lo que leímos, escribimos y reflexionamos las niñas perdidas con un parche en el ojo tiene sentido fuera de las teorías. Y lo que sospechábamos que era una trampa, efectivamente, lo es.

Teresa vino tarde a un lugar que ni siquiera habita como debería. Compró, por fin, un piso, pero para convivir con sus amigas. Conoció a Malvina, la invitó a unas sidras, intercambiaron fotos e historias de piquetes, no mencionaron a sus familias. Pero en Wikipedia solo leerás que lo último que compuso Malvina Reynolds antes de dejar el mundo fueron canciones infantiles para Barrio Sésamo.

Es como si fuese tu habitación propia, ¿sabes? Cuando vuelves con tus amigas, tu habitación propia en este pueblín. Y no sé, a veces lo siento como un refugio, ¿sabes? Como un refugio. (...) Y no fue un proyecto de gente como tanta que conozco, como las vascas que conozco, que se pusieron a buscar sitio, a hacerlo en comuna, un fondo... no, surgió así, fue bastante personal pero por coincidencias de unas amigas. Todas éramos amigas de la época de la facultad, del año '70, que entramos todas a la vez, de la misma edad, todas cosecha del '52, ¿sabes? Imagínate.

Tenemos las llaves de las casas de todas, ¿sabes? Cuando vinieron amigas, cuántas veces me dijo Begoña: «¿Les puedo dejar tu piso a unas alemanas que vienen cuatro?» Sí sí, yo estaba fuera. Otras veces yo a otras, siempre, y eso es muy buen rollo, ¿sabes? Que todas podamos usar los pisos de todas, este es más grande, este es más pequeño, yo no tengo terraza, ella sí... yo me voy y me sacaban a la perra... En fin, es el buen rollo de la comunidad entre unas amigas y sobre todo al mismo tiempo sentirte acompañada pero en tu pisín, ¿no? Mientras se pueda, claro, porque llegará un momento que no se podrá. Y por en medio acaba de pasar lo de Begoña.

Querida Ángela,

Volví a llamarte mientras volvía a casa el sábado pasado. Acababa de salir de una jarana que se había alargado, como siempre, desde el mediodía hasta bien entrada la tarde. Yo sentía como si volviera a casa de madrugada, pero realmente estaba cayendo el sol. Te llamé porque sentí, mientras me alejaba de allí y la luz dorada me calentaba las mejillas, que había vislumbrado la salida del hoyo en el que nos habíamos estado haciendo compañía en los últimos meses.

Yo no sabía que también tú estabas en un hoyo, que el doctorado y haber vuelto donde tu madre te estaba asfixiando de esa manera, hasta que te llamé desde el tren aquella mañana, el último día del año. Esa conversación lo cambió todo. No puedo explicarte cómo me emociono cuando pienso que, tras aquel trayecto de vuelta a Barcelona, cada día nos llamábamos, a seiscientos kilómetros de distancia, para darnos una razón por la que salir de la cama. Tú de la tuya y yo de la mía, a seiscientos kilómetros, clavadas por el mismo aguijón implacable al colchón. Las llamadas no siempre hacían que pudiéramos arrancárnoslos del pecho y levantarnos, pero al menos ya no estábamos solas. Si yo no era capaz de levantarme hasta el mediodía, tú lo sabías, y aunque no pudieras hacer nada, que lo supieras me daba algo a lo que agarrarme. Si otro día yo estaba más animada, aprendía a acompañarte en silencio. Pasadas algunas semanas conseguimos, entre las dos, aunar las fuerzas suficientes para decirles a Mar y Oli cómo estábamos, decírselo de verdad. No esperábamos el efecto que tuvo: al abrirnos en canal, ellas pudieron por primera vez en mucho tiempo sentir que podían cuidarnos, y no solo ser cuidadas. Recuperaron parte de esa sensación de autonomía que se pierde cuando estás convencida de que todo el mundo está en un lugar mejor que tú. Menudo cuadro, bromeamos las cuatro entre lágrimas en aquella videollamada. Pero ya estaban las cartas sobre la mesa. Por fin podíamos acompañarnos de verdad. A partir de ese día, los mensajes de chequeo diario los enviábamos por el grupo.

Por eso, cuando tras aquella jarana distinguí la luz filtrándose por una puerta lejana en toda aquella oscuridad, te llamé corriendo. Me moría de ganas de enseñártela y comprobar si era real. Tú cogiste un tren dos semanas después y viniste a verme. De los nervios al esperarte se me cayó el móvil al váter en el baño de la estación. Aquellos días la puerta se fue haciendo más nítida y, la verdad, no sé decirte en qué momento la abrimos, porque solo supimos que la habíamos atravesado una vez estábamos en el otro lado.

Pasamos aquellos días maravillosos rodeadas de mis nuevas amigas, que ya casi eran amigas-amigas pero aún seguían un poco en el umbral, colocándose despacito en sus puestos. De repente, tu presencia encajó aquellas piezas que estaban formando el mapa de mi vida en Barcelona. No sé si después he sido capaz de expresarte lo importante que fue tu visita en ese sentido. Todas te adoraban y tú las adorabas a ellas, y viéndoos reír como si fuerais viejas conocidas de repente volví a sentir, después de tanto tiempo, que era capaz de tomar decisiones acertadas. Aunque mi vida seguía patas arriba, había acertado en lo importante: las amigas.

Me emociono recordándolo todo cuando escucho esa canción de los Gypsy Kings que nos cantamos a veces por teléfono. No solo porque hable de que la distancia es subjetiva y de la euforia al notar cómo se expande el amor hacia alguien, sino también por el jolgorio de las guitarras y las palmas, la sensación de fiesta entre las ruinas, de alzar los faldones por encima de los escombros. Pasamos aquellos días bailando sobre las tumbas de todo aquello en lo que habíamos fallado y no habíamos sido capaces de aceptar. Cerramos bares, dormitamos en la playa, lloramos en parques que ya empezaban a florecer tras el paso del invierno y nos abrazamos, agradecidas por haber llegado hasta aquí. Y cuando al final del viaje nos despedimos en la estación, no estábamos bien, pero estábamos mejor. A ti y a mí nos encanta hablar de alianzas queer y sin embargo aquel día sentí que las más imprescindibles nacen (también) desde aquí, desde estos lugares sin juicios, amables, sencillos, en los que los discursos políticos se secan como papel viejo sin un jarrón de agua fresca que derramarles por encima y unos claveles de colores que lanzar al aire.

Así que me remito a aquella canción sencilla, amiga, para expresarte todo lo que quiero expresarte, en el año en que seiscientos kilómetros se convirtieron en la distancia más corta.

Djobí, Djobá, cada día yo te quiero más
Djobí djobí, djobí djobá
Que cada día yo te quiero más

Fue aquel domingo primaveral que pasamos en la playa cuando decidimos que éramos amigas. Estaba atardeciendo y recuperábamos el aliento tras un larguísimo ataque de risa. Gabi, Ona, Yara y yo habíamos estallado en carcajadas de esa manera estruendosa y profunda que, al disiparse, deja en estela un silencio solemne. Una tierra fértil palpitando de posibilidades. Entornando la mirada hacia los jirones de nubes que, frente a nosotras, arrancaban destellos rosados y hacían parpadear el agua, recuperábamos la consciencia sobre los sonidos lejanos de chundachunda dominguero y gaviotas. Creo que fue en ese momento cuando lo supimos. Yo lo supe y quise quedarme ahí. Quise quedarme con ellas en ese silencio en el que aún humeaban los ecos de nuestras risas y que al disiparse dejaban entrever algo parecido a un camino.

Y fue también en esa misma playa donde dejamos que todas las luces del paseo marítimo inundaran en caleidoscopio nuestras pupilas. Nos expandimos como ellas, como gotas de acuarela cayendo en un cuenco de agua. Como si llegáramos bien a fin de mes, como si supiéramos qué va a ser de nosotras. La música se derramaba a nuestro alrededor desde la membrana del pequeño altavoz portátil, materializando el suelo que pisábamos, dándole forma y color. Si una canción equivocada —demasiado fría, demasiado oscura— se volcaba corroyendo la arena, nos abalanzábamos sobre el altavoz para pasarla, porque nos quedábamos sin suelo. Así lo dijimos: el suelo, el suelo, cuidado que se va. Las palmeras eran fuegos artificiales estampados como pintura brillante en la inmensidad que no abarcábamos y si podíamos mirar hacia arriba, embobadas, era porque bajo nuestros pies había un suelo firme para sostenernos.

A la mañana siguiente seguíamos las cuatro abrazadas en casa de Yara y Gabi, y a partir de ese día ya fueron otros nuestros abrazos, a partir de ese día nuestros abrazos duraban un apretoncito más. Al final, fue cuestión de tiempo.

—Eli, lo hemos estado hablando y… ¿quieres venir a vivir con nosotras?

Y en Valencia, donde vivo la mitad del año, están también otras cinco, ese grupín de amigas (...) que te encantaría. Fueron las que en pleno confinamiento me hicieron el cumpleaños desde las ventanas de enfrente tirando unas pancartas. Esas son... son un poco la pandilla basura, te contaré. Santi, que es una amiga nuestra de toda la vida, que vive enfrente, hizo filosofía pura pero es cartera. Y vive en un pisín justo enfrente de mi casa con una terraza enorme. Porque al otro lado de la terraza vive Eli, que es una italiana que tiene una perra. Entonces esas, con nosotras dos, cuatro y con Raquel que es una íntima amiga, que tuvo un bar en Almería y el bar de lesbianas de Valencia, el Latinova ¡donde yo ligué con tu tía Marga! Te diré. Como lo oyes. El Latinova, una discoteca de lesbianas de aquellos tiempos.

Yo creo que hay bastante red, y tú la conocerás, entre las feministas, ¿verdad? Entre las amigas, lesbianas o no, hay bastante red de cuidado. De apoyo... Y en Valencia yo tengo amigas más íntimas que mi pandilla basura, pero mi pandilla basura es la del diario, la convivencia. Lo de aquí (Oviedo) es distinto porque es el mismo edificio, el mismo piso. Y nosotras somos amigas desde que teníamos veinte años.

[baño]

De rodillas como en devoción ante un trono de porcelana. Yara me sujetaba el pelo y yo me purgaba me purgaba me purgaba sin parar como una piadosa encorvada. Cuando los espasmos se disiparon, pasé el revés de mi mano por mi boca entreabierta y miré arriba, esperando la extremaunción. Encontré en su lugar unos ojos amables y una mano tendida. Vamos a quitarte la camiseta, cari, que la tienes manchada. Me da vergüenza, balbuceé. Me dan mucha vergüenza mis tetas. Ella se llevó las manos a su camisa anchota de rayas verdes y de un tirón se la desabrochó entera, descubriendo las suyas, y me miró. Una oleada fresca de alegría me hizo sentir a salvo. Me quité la camiseta y, aún sentada en el suelo, bebí el agua que me ofrecía.

Ojalá vivir aquí, con ellas, pensé mientras me levantaba.

Hoy, meses después, me lavo los dientes en el mismo baño y al terminar dejo el cepillo en el vasito de cristal junto a los demás. Abro el primer cajón y saco la paleta de maquillaje que me han regalado Mar y Oli por mi cumpleaños, mitad colores mate —tierra, granada, azul cobalto, amarillo guacamayo— y mitad colores purpurina, como un desplegable de pequeñas galaxias. Levanto la tapa con tembloroso placer. La puerta está abierta detrás de mí. «¡Vale, creo que lo tengo!» se oye desde el pasillo, y aparece Gabi con un vestido centelleante en una mano y unas gafas de sol con forma de llamaradas en la otra. Pruébatelo. Mientras me sube la cremallera de la espalda y Yara y él debaten acaloradamente sobre si debería llevar estas botas o las otras, giro la mirada hacia el espejo. La niña bizca que soñaba con una casa llena de amigas y pedía vestidos rosas por Navidad está dando saltos de euforia.

[cocina]

Los entretiempos aquí son engañosos y usar el horno para cenar es la excusa perfecta para calentarse el culo junto a su puerta semiabierta. Saco una triste pizza del congelador y la meto en el viejo horno mientras Gabi trocea cebolla sobre la tabla de madera. Esta tarde me ha llamado mi familia para saber qué tal estoy y me han preguntado por mi nuevo piso.

Mientras la pizza se calienta, agarro el puerro que hay en la encimera y lo corto en pedazos que tiro en la olla de agua burbujeante. Dejamos que las verduras hiervan en silencio y Gabi les echa una pizca de sal. Se oye la puerta de casa: es Ona, que se ha acercado un momento con paracetamoles.

Mi familia no lo dice, pero sé que tienen miedo de que no haya nadie que me cuide cuando sea mayor. Porque por ahora mi plan de vida no incluye ni vivir a solas con alguna pareja, ni tener criaturas. Lo entiendo, yo también tengo ese miedo. ¿Cómo no tenerlo? Tampoco sé cómo lo haré, cómo lo haremos, porque este es un camino que se hace a ciegas. Pero sí sé —todas las personas que hemos salido de algún armario lo sabemos— que tomar decisiones por miedo no me va a llevar a una vida más tranquila o feliz.

Gabi vierte un par de cazos de sopa en un bol. Se lo acerca a Yara, que está en el sofá tiritando bajo la manta. Aquí té, senyora. Gràcies, maca. Siempre que se cuidan hacen la misma escenita: la de las señoras mayores que se hablan con voz arrugada y cariñosa y arrastran los pies.

Emulan en broma una vejez cálida con la que nosotras también tenemos derecho a fantasear.

[terraza]

Las azoteas del barrio empiezan a distinguirse en tonos rosados. Me he despertado hace rato y no podía volver a dormir, así que he salido a la terraza, a contemplar el amanecer. Las tomateras que planté al principio de la primavera están empezando a echar tallo y hojitas. La gata se comió algunas el otro día y luego vomitó en la colcha de Yara.

Se me ocurre que Yara tiene el título oficial de mediación con los vómitos de los miembros de esta casa. Me río bajito ante esta asquerosidad de idea.

Siempre que miro la ciudad desde la terraza me pregunto cuánto tiempo durará esto. Es curiosa esa costumbre de las personas queer: la misma pregunta que nos hacemos ante la desesperación, nos la hacemos también ante la alegría.

[salón]

Los ecos de nuestros gritos viendo *La isla de las tentaciones* se quedan pegados a las paredes al apagar la televisión. Cuando el último sonido de chanclas se aleja del salón haciendo flipflap por el pasillo, me acerco al piano eléctrico, me coloco los cascos y aprieto el botón de encendido. Cuando le pregunté tímidamente a Gabi si podía usarlo me dijo que por favor, que para eso está, que qué alegría, que si necesitas que te explique algo dime. Estoy aún empezando y mis dedos se mueven con torpeza y curiosidad, como una ternera que va tropezándose por su propio entusiasmo mientras aprende a trotar. Siempre quise acercarme más a la música y siempre me paralizó la vergüenza. Pero la vergüenza, como la culpa, solo se alimenta en las casas en las que supura la rigidez del juicio. Aquí me siento liviana y con derecho a fallar.

No quiero romantizar esto de la manera en que el mundo romantiza las casas donde viven un señor, una señora, un bebé y un perro. Tengo ya suficientes casas descarriladas a mis espaldas como para saber que lo que más caracterizará siempre a mi generación es la incertidumbre. Aquí también hay miedos, enfados, a veces cacharros sucios en la pila. Pero la manera de abordarlo no me da ansiedad. Todos los días hay alguna pequeña alegría, incluida esa. No quiero romantizar, pero tampoco voy a renunciar a creer en algo que me hace feliz solo porque todo acaba.

Comienzo a tocar y enseguida me equivoco. Vuelvo a empezar.

Yo creo que hay cosas que son incómodas si tienes ganas de estar sola a veces. Por ejemplo, si yo dijera: «No tengo ganas de ver a nadie hoy». Tengo que decirlo claramente porque no puedo no abrir la puerta, porque se sabe que estoy en casa. Son cosas que las pienso a veces. Begoña era de las que llegaba, se sentaba y ya no se quería ir. Llamaba al timbre y «anda, hazme un café», por ejemplo. Porque yo tenía una Nespresso y le parecía más cómodo, yo encantada de hacer un café, pero si ya pasamos dos horas y yo quería hacer algo, ¿me entiendes? Ya le tenía que decir: «¡Bego, chica! Que tengo que hacer cosas, llamar, tengo que leer...» Por ejemplo, leer. ¡Para que te dejasen leer tranquila! Digo por ponerte algún inconveniente, que no todo es el paraíso terrenal.

Es que el control de saber, cuando llegas a casa, si alguien está o no porque ves por ejemplo su coche en el parking del garaje, ¿qué me dices? Todo el mundo sabe tu vida. Eso de que saliste, llegaste, lo que hacía Begoña de «¿Adónde vaaaaais?» Por ejemplo un día con Irene estábamos aquí las dos y dijo: «Vamos a salir muy despacito», a propósito, ¿eh? Y cuando estábamos llegando a la puerta del ascensor, ya salió y dijo «¿Adónde vaaaais?»

Si viviéramos aquí todo el tiempo, los doce meses del año, y estuviésemos las cuatro todo el tiempo, con parejas y lo que sea, igual se hacía un poco... igual te faltaba espacio, un poco de intimidad, pero no se dio (...) Por ejemplo, Dolores dice: «Anda, pasa que voy a hacer una tortillina para cenar», por ejemplo, ¿no? Dolores es muy así. Entonces paso y digo: «Paso pero mira, te llevo este vino pero solo ceno, que tengo que hacer tal.» (...) Antes te dije que yo lo vivía como la habitación propia, pero a veces la tienes que defender un poco.

Por fin enseño a Mar, Oli y Ángela mi nuevo piso. El entusiasmo hace que el tono de mi voz se alce por encima de lo habitual. Los agudos alcanzan el punto álgido cuando pronuncio los nombres que siguen a la frase «Esta es la habitación de». Por primera vez no son nombres de personas desconocidas. Están vinculados a un rostro, a un cuerpo que ya he abrazado. Son nombres que llevan tiempo en mis conversaciones, en las respuestas a qué tal esta semana. Yara y Gabi me han elegido como parte de su casa y me han dado la posibilidad de elegirlas. Aquí pasamos juntas el fin de semana, con mis cajas aún abiertas en el pasillo. La última noche me quedo dormida mientras vemos *Chicas malas*. Cuando llega el domingo, todas se despiden entre abrazos y bromas internas que han brotado estos días.

Qué emoción que hayáis venido, pero noto un tironcito en el pecho. Volved cuando queráis, pero hay un alivio raro en que os marchéis. Me encanta haberos enseñado Barcelona, pero eso solo me recuerda el abismo que me empujó a huir aquí.

Las ruedas de las maletas traqueteando contra el asfalto son quienes ahora marcan el comienzo y final de nuestros encuentros.

No soy capaz de decirlo. Me siento como la peor persona del mundo, pero no puedo evitar pensar que una de las razones por las que vivo en esta ciudad es porque nosotras no imaginamos algo así antes. Porque no fuimos capaces de agarrarnos de la mano para correr juntas hacia el futuro incierto. Porque llegó una pandemia mundial y a mí me pilló sola en una casa sin amor. No puedo evitar pensar que, incluso después de aquello, tampoco nos organizamos, que no hicimos nada para prevenir que algo así volviera a ocurrir, para evitar que alguna de nosotras volviera a quedarse atrás. Por eso hoy nos despedimos en la estación de trenes como si la distancia fuera inevitable. Abrazos y besos y cada mochuelo a su olivo.

En mi camino de vuelta a casa, el sol del *vespre* me hace guiñar los ojos. Mis pasos me llevan automáticamente hacia mi antiguo piso y tengo que corregir la trayectoria con una punzada de emoción. Recordarle a mi cuerpo que ya no vivo ahí. En Madrid a veces me pasa igual.

No sé qué estamos haciendo, le digo a Yara en la terraza frente a un platito de aceitunas y dos vasos de limonada. Cuántas decenas de horas habré gastado en leer sobre deconstruir nosequé y el amor romántico nosecuántos, pudiendo haberlas dedicado a aprender a tocar el piano. Pero las dediqué a eso y aquí estoy, recién mudada otra vez. Y mira que el balcón que tenías en el otro piso era muy bonito, qué envidia daba, envidia sí sí, la misma envidia que me dijo la oftalmóloga cuando me plantó aquel parche infame en el ojo, como si no fuera suficiente con las gafas, qué suerte, eres como una pirata, mire señora, digámoslo claro, soy carne de bullying, al pan pan y al vino vino. Yara ríe suave y niega con la cabeza y me mosqueo un poco porque parece que no entiende lo que le estoy diciendo. Se me ha despertado una especie de resquemor egoísta al pensar que ella y Gabi me han propuesto tan fácilmente algo que con mis amigas de Madrid nunca llegamos a barajar en serio. Que no nos atrevimos. Que si nos hubiéramos ido a vivir todas juntas, si ya hubiéramos apostado por hacer las cosas así, no habría llegado a hundirme en aquel abismo.

—Siempre hablamos de vivir todas juntas cuando seamos viejas, pero ¿por qué siempre lo planteamos para un futuro tan lejano? ¿Por qué no organizarnos ya?

—Pero Eli, hay que contar con todos los factores, ¿no? A veces la gente ya ha hecho su plan antes de llegar a esa conclusión. Ya tienen... yo qué sé, una convivencia de pareja, como Mar y Oli, o una situación concreta que por ahora no permite cambios, como Ángela. Tú te fuiste de Madrid también porque pudiste.

—Porque me quedé en el paro.

—Ya, pero me estás entendiendo.

—Sí Yara, pero ¿entonces hay que aceptar que al final todo el mundo acabará así, haciendo su vida solo con su pareja? Y las que se queden fuera, hala, a buscarse la vida. No sé... A veces tengo la sensación de que «cuando seamos viejas» es una manera de decir «cuando ya no tengamos otras cosas que priorizar».

Yara suspira despacio, asiente y se mete una aceituna en la boca. Espero su respuesta, pero no llega. En vez de eso, mordisquea el hueso antes de devolverlo al plato y, al verme la cara, esboza una media sonrisa triste.

—A lo mejor es precisamente el haberte ido lo que ha permitido que vuestro vínculo crezca y se fortalezca. ¿No lo has pensado?

Arqueo las cejas y su sonrisa se ensancha, enternecida por mi indignación.

—¿Quiénes te ayudaron a salir del hoyo mientras nosotras aún estábamos haciéndonos amigas? ¿Quiénes te escribieron a diario, a pesar de vivir en otra ciudad? Nadie te asegura que, de haber hecho las cosas de otra manera, habría salido todo bien. Y aun así mira adónde te han llevado. No hay nada seguro, pero sí tienes una certeza: que ellas siempre están ahí para ti. Y tú para ellas. Hay otras formas de organizarnos además de convivir, mariconchi.

Y la vida es larga. A veces sólo hay que tener paciencia y no soltarse la mano. No quiere decir que te quedes fuera de las proyecciones de futuro de las personas que te quieren —se mete otra aceituna en la boca y me guiña un ojo—. Que te queremos.

Hay un vecino al lado de María José que tiene puesta la bandera de España, Elisa, que nos ponemos enfermas porque además sé que es facha-facha (...) Y Begoña habría acabado diciéndole algo en el ascensor porque Begoña es —*era*... tremenda. Pero no hubo tiempo, la verdad. (...) Y con el resto de vecinos... Bueno, sobre todo los de la puerta de aquí al lado porque es una pareja joven que tiene una perrina, que ya entró en mi casa y se meó en mi casa. Son gente muy joven que yo creo que se sorprenden porque (...) ven unas señoras pues evidentemente muy mayores y que hacen unas vidas un poco raras. Pero al mismo tiempo nosotras olemos la maría que sale de esa puerta, que huele todo el descansillo, Elisa, que ni te imaginas, sales del ascensor y ya te colocas, y a nosotras nos parece muy bien.

[Interior. Biblioteca municipal. Día]

—Tuturutú, tuturutú…

—Ona…

—Ay, perdón, a veces tarareo canciones sin darme cuenta.

—No, no, es que… estabas tarareando el sonido de mi alarma del móvil.

Desde que supe —con el cuerpo, no con la tonta cabeza— que me iba a marchar a Barcelona, el futuro dejó de ser una baldosa tras otra perdiéndose en la neblina y de repente se inclinó hacia abajo, le salieron raíles y hierbas y dientes de león y se convirtió en una lanzadera. Los días pasan de otra manera cuando te impulsan en alguna dirección, aunque esa dirección sea misteriosa y aterradora.

[Exterior. Terracita de siempre. Noche]

—¿Te apetece ir juntas a la playa este viernes?

—No puedo, me voy a Madrid...

—Ah, bueno, qué bien.

—... a una comida familiar.

—Ouch.

—Ya.

—Bueno, al menos tú tienes la excusa de vivir en otra ciudad.

—¿A tu familia le serviría esa excusa?

—Ya, tienes razón.

—Pero me encantaría ir a la playa otro día.

—Otro día que no tengas fiesta de traumitas.

—¡Oye!

Mientras aseguraba a mis amigas que nuestro vínculo seguiría siendo igual de fiero y profundo tras mi partida, temí convertirme en ese tipo de persona que se aleja avalada por una promesa que acaba difuminándose. La persona que seguramente alguna vez fui. No sospecheé que podía pasar lo contrario. Que el vínculo podría reforzarse, ramificarse, que encontraría, como un árbol milenario, formas nuevas de empujar sus ramas hacia el sol. Y que, cuanto más ocurre esto, menos urgentes y rígidas parecen esas formas de amar que siempre han estado en el centro. Es curiosa la virtud propagadora del amor: cuanto más sostenida me sentía, más espacio quedaba despejado para llenar con las pequeñas tonterías de cada encuentro con Ona. El amor de mis amigas me permitió explorar otro pequeño amor que germinaba con timidez, regarlo sin prisas ni exigencias.

[Exterior. Puerta del cine. Noche]

—¡Llegas tarde!

—¡No llego tarde, es que no me conozco esta zona!

—No puedes usar esa excusa tres días seguidos Eli, llevas casi un año en Barcelona.

—Ya me gustaría verte a ti orientándote en Madrid.

—Lo haría genial.

—¿Ah sí?

—Mejor que tú.

—¿Mejor que yo?

—Lo que oyes.

—Ya lo veremos.

—…

—…

—¿Lo veremos?

—¡Calla! Ya no sé ni lo que digo. Venga, vamos adentro, que quiero palomitas.

Irme de Madrid me devolvió algo a lo que hacía tiempo que no me permitía hacerle hueco, aunque no lo supiera entonces. La perspectiva de un cambio de ciudad se convirtió en un desvío del camino recto que debía haber recorrido hasta el final. Sentí miedo, pero también alivio de que aquella etapa acabara, de descubrir que no por ser una etapa significaba que acabaría del todo. Pienso en si Begoña sintió esto alguna vez en el hospital. No veía más allá del duelo porque no sabía de qué maneras me iba a cambiar, ni cuáles serían los siguientes pasos, y ni siquiera lo sé ahora. Admitir que en la inmensidad que nos rodea habrá siempre una falta de control no debería ahogar ni nuestros planes ni nuestras fantasías, más bien jalearlos.

Hay que tener mucho cuidado para no acabar viviendo por inercia.

No me quiero morir por inercia.

[Exterior. Terracita de siempre. Día]

—Ona, me muero de vergüenza, pero quiero decirte una cosa...

Así que aquel día en nuestra terracita, me armé de valor y se lo dije.

—Me gustas.

Llevo aquí casi un año, pero los segundos suspendidos tras aquellas palabras se hicieron igual de largos. Solté el control y encontré rubor en sus mejillas, valentía en sus ojos.

—*Pues tú a mí también. A ver qué hacemos.*

Este es un poema que va de que me siento un poco
est ú p i da
lo estoy escribiendo para no sentirme tan e stú p ida
y ver que en el fondo es una tontería
y como los poemas se escriben sobre cosas serias y
dramáticas
igual si escribo un poema sobre esto
me daré cuenta de que es una ton t e ría
pero es que
a ver
el otro día
bueno antes que nada
llevo unos días un poco malos el jueves hubo un
incendio en el edificio y el descansillo se llenó de humo
y ceniza y a Gabi casi le da un ataque al llegar a casa y
encontrarse dos camiones de bomberos o sea
no ha sido la mejor semana vale?
entonces
el otro día
estaba yo paseando y pasé por esa tienda a la que
entramos
a veces
porque tiene cosas cuquis de casa y huele bien
y vi la taza que te gustó la semana pasada
al 50% de descuento

y dije
bua
se la regalo
pero qué vergüenza! qué tontería!
bueno venga pero sí pero no
mientras tanto la gente pasando y yo mirando la taza
la taza mirándome
echando un pulso con la taza
llévame
cobarde
no, calla, bueno no sé
la taza se puso chula
y dije sí? pues venga
y me la llevé
el señor de la tienda la envolvió y yo pensé ay bueno
igual le encanta
la metió en una bolsita con dibujos de girasoles
y yo me sentí como en las pelis que veía sin parar
durante el invierno
cuando estuve bastante
regular
bueno yo qué sé me hizo ilusión y ya
tanta que al llegar a casa dije
sabes qué
voy a escribirle una notita
con algo bonito pero gracioso
así lo gracioso hará de pantalla y no me sentiré tan
vulnerable

(50 euros más para la psicóloga)
total escribo la nota
le hago un dibujito
la pego con celo
a la taza
lo meto en la bolsa
la miro
la saco
la releo
es esto una ton n n ter ía enorme ?
o es un detalle súper bonito que hará que se enamore
mucho de mí
ya había perdido el norte
pero totalmente
como cuando te pruebas una prenda de ropa durante
demasiado tiempo y ya
no sabes si te queda horrible o increíble
pues así
total que igual podría haber esperado a un día
diferente
en que no estuviera
desquiciada
pero
soy
a r i es
y dije a tomar por culo se lo doy hoy
pero claro
ese día tú

1
estabas agobiada
2
habías quedado conmigo solo un minuto para darte
alguna cosas en plan recado
3
estabas padentro y con ganas de soledad que ya nos
conocemos
y bueno que no era el día
total que yo llego
con los cinco libros que te tenía que dar
un tupper de comida rica que me había sobrado
y
la taza
de las narices
y te di una cosa detrás de otra
hola mira te he traído los libros que dijimos aquí están
todos ordenados pero además te he traído comida
sorpresa ah y este regalo con una nota bueno si quieres
léela ahora bueno ya sé que me habías dicho que no
podías pero te quieres quedar a tomar algo????
.
señora
suélteme el brazo
total que esa tacita
que necesitaba un silencio
un espacio
unos minutos

esa nota que debía ser leída con calma
para que me pudieras dar un beso en la mejilla después
todo eso que había preparado con tantos nervios y
cariño
lo cogí
y lo tiré por un tobogán
y no pudiste ni pude yo ni nadie
disfrutarlo
degustarlo
con calma
estúpida taza
claro ahora no puedo des-regalártela
pero es que ahora estoy aquí escribiendo esto
para darme cuenta
de que a ver
no me vas a dejar por haber escogido un mal momento
para regalarte una taza
tus sentimientos por mí no se van a esfumar por haber
sido torpe con un regalo
es absurdo pensarlo
pero es que el problema es que no lo pienso
sino que
lo siento
siento que todo eso es posible
aunque no tenga ningún sentido
dónde está la pantalla que me protege ??
arroba psicóloga
a ver claro que no me vas a dejar por una taza

la taza te gusta, además, tú me lo dijiste
te la compré porque dijiste que te gustaba
pero y si
al dártela de esa manera
la taza
te deja de gustar
o sea te das cuenta de que ya no te gusta tanto
de que la taza es demasiado
te gustaba en la tienda pero ahora en casa ya no tanto
y la vas dejando en el fondo del aparador en plan bueno
mañana la uso
pero te va dejando de gustar usarla
y la taza se va dando cuenta
porque la taza tampoco es tonta
no sé
qué miedo
.
no?
la cosa es que estoy tranquila con todo,
contigo
de verdad, aunque haya escrito esto que es de estar
chalada y la prueba tangible de lo opuesto realmente y
no te lo pienso enseñar jamás
pero de verdad estoy tranquila
pero es que toda la tranquilidad del mundo
no quita
que cuanto más fina se hace la pantalla
y más vulnerable me muestro

me voy sintiendo
más frágil
y bueno eso mucha gracia no me hace sinceramente
entonces si veo que al regalarte una taza no acierto
no pienso que bueno que ya está
que una taza es una taza
y que no te voy a dejar de gustar por una taza
pero espero
y creo
que a la próxima taza ya no me sentiré
tan así
porque me gustaría pensar
que cuando inevitablemente
te acabe enseñando esto
(porque soy aries y de verdad a veces no me soporto)
no te parecerá
una t o nn te ría
te parecerá
gracioso
o tierno
y la pantalla se hará un poco más finita
porque poco a poco
me irá haciendo
menos
falta
.

Y lo de acompañar a hospitales, dormir en hospitales... hacer turnos, pero plannings enteros (...) Bueno, Irene estuvo una vez dos meses en el hospital (...) Pues en esos dos meses yo trabajaba de profesora en Oliva (...) Oye, las amigas se turnaban pero bueno, nos partíamos de risa porque una vez abrió el armario de la señora de al lado, porque no se enteró de cuál era el que le tocaba, y sacó unas bragas enormes de la señora de al lado. Y todas siempre nos turnábamos, eso siempre funcionó. Yo creo que la red, bien.

Me acuerdo de un día que llegué de trabajar en Oliva, era tardísimo de noche (...) Y me llama Sara, que trabajaba en un sitio de comidas preparadas, casualmente enfrente del hospital. Me llama y me dice: «Cuando salgas te dejé una cosa, mira debajo de la rueda del coche». Que te juro Elisa que parecía que estuviese mirando si me habían puesto una bomba, voy donde tengo aparcado, miro debajo de la rueda, así yo mirando... ¡y me había dejado una caja con una pizza! Esas cosas así, sí que nos cuidamos.

Pero claro, al estar tan cerca la casa de Begoña y tener llave… Begoña estuvo bastante mal muchas veces, sobre todo porque ese cáncer produce bajadas de sodio, que te desmayas. Bueno, una de las veces no podíamos ni bajarla en el ascensor al parking. Y la ambulancia no llegaba... bueno, la verdad es que lo intentamos, pero no es fácil cargar con un peso desmayada.

Una vez me acuerdo que una durmió al lado, otra Dolores estaba todo el tiempo escuchando a ver, porque a veces no nos dejaba: "¡Marchad, marchad!" Pero a todas horas estábamos llamando, entrando. Y luego los viajes a la quimio. Lo que nos turnamos a eso... Tengo fotos y fotos de Begoña enchufada a la quimio porque claro, nos aburríamos, entonces una bajaba con el coche, la otra iba a buscar cosas para entretenerla, porque la quimio sabes que estás ahí unas horas. No, no, eso de la ayuda, la colaboración en casos de que necesites ir a hospitales y tal, eso es una ventaja de estar tan cerca. Porque es la puerta de al lado para hacer la compra, para llevarle la comida... por ejemplo Dolores siempre es la más madre para hacer comidas, ¿no? Porque yo para cocinar soy un desastre. Pero Dolores enseguida hace lo que le apetece, le hacía a Begoña lo que más le gustaba... imagínate lo que es pasar la comida de este piso a otro, es como pasarla de una habitación a otra en una casa un poco grande.

Vero me pone en las manos una taza de té. Cuidado que quema. Es una taza que no reconozco. Doy un sorbito y me aparto rápidamente al abrasarme los labios. Mira que te lo he dicho.

Mientras desaparece por la puerta de la cocina hago un rápido barrido visual de la salita para detectar todos los cambios desde la última vez que estuve aquí. Un pequeño tren de juguete en el estante. Un par de fotos con chicas que no sé quiénes son. La planta que le regalé ya no está.

—Se me murió, no la tiré —dice mientras deja su té en la mesa. Me giro rápido, pero no me importa que me haya pillado. Ella habría hecho lo mismo.

Estamos tanteando el terreno como dos gatos arqueados que salen por primera vez a la nieve. Dos gatos que no se han olido ni arrojado a la yugular del otro en meses. Es un juego de sentidos: olfatear pero también calibrar el suelo antes de apoyar una pata en él. Examinar la reacción en el propio cuerpo, acordarse de estirar la espalda y desapretar los labios, entreabrirlos para que salga el aire. Interpretar los movimientos de la otra sin fallo para no saltar de un susto. Con Vero, la mitad de la comunicación es interpretación. Así nos fue.

—¿Qué tal en el trabajo?

—¿En serio?

—¡Bueno, hija, qué te pregunto!

—Pues mal, pero puedo robar rotuladores caros.

—Ah, mira.

—Te he traído uno.

Aún no he decidido si hoy le contaré lo de Ona. Lo iré viendo durante la conversación, dependiendo de dónde vaya. Por ahora nos contamos tonterías, esquivando con torpeza los temas peliagudos. Me sorprende notarme tranquila. ¿Lo estoy? Ah, no, espera, lo que pasa es que estoy midiendo mis emociones usando las ajenas como medidor. ¡Vaya, qué novedad! No, no es tranquilidad: es solo que estoy *más* tranquila que ella. No en el sentido de más contenida, sino de verdad, algo más relajada, incluso un poco vulnerable. Ella sin embargo tiene algún tipo de muro, pero no es el muro defensivo que ya conozco, es otra cosa. Un destello triste, un no estar aquí del todo. ¿Qué es? Le pregunto por su familia, pero todos están bien. ¿Qué es lo que no me está contando?

Su móvil se ilumina. Ella lo mira y rápidamente le da la vuelta.

No es nada.

Pero el plieguecito junto al labio se le ha tensado. Antes de que pueda procesarlo, mi cuerpo se tensa también en un viejo reflejo que casi había olvidado. Se eriza la piel ante la señal de conflicto, pero el conflicto no es conmigo.

No sé su nombre, pero ya sé quién le ha escrito.

—Vero, ¿tienes novia?

Ante mi asombro, Vero aprieta los labios y dos lagrimones ruedan por sus mejillas en forma de corazón. Sin pensarlo me levanto abandonando toda cautela y corro a abrazarla. Recojo su cuerpecito y lo aprieto suave mientras el agua revienta ese muro suyo que es de cartón piedra y lo resquebraja, la sujeto para que la riada no se la lleve. El té se enfría sobre la mesa y yo vuelvo a reconocer el olor de Vero, el tejido fino de su camisa de andar por casa, reconozco todo en ella, pero no estos sollozos, no este desgarro. Y entonces entiendo por qué: no los reconozco porque siempre he estado al otro lado de ellos. Justamente yo he sido la única persona que nunca pudo escucharlos. No son sollozos de conflicto, sino de duelo.

—Lo dejamos hace una semana.

El deseo de que Vero deje de sufrir, la necesidad de volver a verla entera y sonriente no deja espacio para nada más. Ni celos ni otros previsibles mecanismos del ego, ni siquiera el impulso de ponerle nombre o cara a esta otra persona, todo se convierte en minucias dentro del océano de dolor que inunda la salita. Vero lloraba en mis brazos por una ruptura que no era la mía y yo conocía por primera vez ese dolor suyo desde un lugar totalmente nuevo. Como si por fin me hubieran permitido cambiar de papel en la obra y ahora pudiera acercarme a esta historia desde otra perspectiva. Mientras ella se rompía, algo viejo y vapuleado empezaba a repararse.

—Siento si esto es muy raro —hipa mientras se restriega los ojos hinchados con la manga.

—Siento que tu novia sea una estúpida.

Me mira con los ojos muy abiertos.

—Pues sí. Como todas las que tengo.

—Doy fe.

Vero se ríe entre dientes y da un sorbito al té, ya frío.

Cuando nos despedimos, me aprieta un poquito la mano.

—Oye…

—Yo también a ti.

Ahí está el piso, que cuando yo voy al descansillo, no creas... veo ahí la puerta cerrada... Y mira, esta Nochevieja, que volvimos a cenar sin Begoña y volvimos a cenar canelones que es lo que cenamos el año pasado, y está Mónica, su pareja, vamos a decir su «viuda» en el lenguaje así... porque estaba en Berlín y nos escribe y tal. Y le mandamos y nos acordamos cuando comimos los canelones y cuando vemos esa puerta cerrada... Porque no había vez... Yo lo hacía a propósito, en broma: «Voy a salir sin que se me oiga». Salía en silencio al ascensor y de repente se abría la puerta y decía Begoña: «¡Dónde vaaas!» Me entiendes, fue una historia que fue estupenda y que ahora mismo está en bache por lo que pasó con Begoña.

Eso es una pena, la verdad. (...) Era una presencia muy intensa, es de esas arrolladoras, ¿sabes? Que bueno, que lo fue siempre, que se nota mucho, no sé. Se nos nota a todas, pero ella es la de los planes, «venga, vamos a tal y vamos a cual», y se nota mucho, la verdad.

Gabi da una calada al cigarro en la terraza. No ha dicho ni una palabra en toda la conversación. Sobre la mesa de metal, un cenicero y varias plantas han sustituido a las tomateras. Yara rasca con las uñas el papel medio despegado de un botellín de cerveza. Ya no sé qué más decirle. A lo lejos, un avión sobrevuela el mar.

—Yo creo que puedo aguantar unos meses más.

—Yara, te están haciendo polvo.

—Ya, pero las condiciones no están mal. Tengo flexibilidad…

—Que pagas con horas extras no remuneradas.

—Nos han prometido que intentarán reducirlas…

—Tía, ¿pero es que no has visto lo que acaba de pasar?

Me he pasado.

—Quiero decir…

—Eli, no es tan fácil, ¿vale? No puedo dejarlo así como así.

—Vale, perdona...

—Da igual, déjalo.

Yara da un último sorbo al botellín.

—Además, ¿dónde voy a ir?

Se levanta y sale de la terraza. El sonido de una moto y los pequeños bullicios lejanos atraviesan el silencio nocturno. Miro a Gabi. Da una última calada al cigarro y lo apaga mientras suspira. No ha dicho una palabra en toda la conversación.

—¿No ve que esta es exactamente la misma discusión que hemos tenido durante toda la veintena sobre nuestros novios maltratadores?

—Ya Eli, pero ¿a ti te sirvió de algo que te dijeran todo eso entonces?

Cumplimos treinta años pensando que nunca más volveremos a encontrarnos en una relación violenta y resulta que aquellos desgraciados solo eran los teloneros de nuestros jefes.

—Al final la decisión la tiene que tomar ella. Nosotras solo podemos esperar.

Pero yo no quiero esperar. No quiero saber cuál es el precio de esperar, no esta vez. No quiero que miremos atrás en diez años como miramos atrás ahora, deseando haber hecho algo más que esperar al momento de salir corriendo con las fuerzas que nos quedaban. Ya ha anochecido, la calle está más o menos en silencio. Camino hacia la cómoda del salón y del último cajón saco dos pasamontañas, abro la puerta del cuarto de Yara y le lanzo una a las manos.

—Esto se acaba hoy.

En sus ojos, un destello. Es todo lo que hace falta.

Atamos fuerte los cordones de nuestras botas y nos echamos a la espalda las mochilas que llevan toda la vida preparadas bajo nuestras camas, acumulando un dedo más de polvo con cada año fiscal. En la calle, Yara me mira como diciendo ¿seguro? y yo me aparto para que suba al asiento de delante. Arranca la moto y me agarro fuerte a su cintura. El cabello que le sobresale huele a lavanda y fuego, sé que el fuego no huele, pero nunca he estado tan segura de que es este su olor. Entre nuestros muslos el motor ruge imparable y atravesamos fogonazos naranjas y rojos, los bancos chapados, las perfumerías con las persianas de metal pintarrajeadas, las librerías que hoy no nos sirven, las casas de apuestas que algún día serán las siguientes. La muñeca de Yara gira suavemente hacia delante, sus dedos tatuados que serán los dedos tatuados de una anciana cuya mano acariciaré recordando este instante y aceleramos y aceleramos y nada es más precioso que ver a mi amiga sentirse furiosamente viva. Se arranca el pasamontañas y la noche lo engulle azotando su melena que ya son llamaradas azabaches. Y al girar una última esquina la moto derrapa y cuando baja de un salto, por sus ojos asoma la niña que trepaba los árboles sin importarle lo altos que fueran.

Un destello: es todo lo que hace falta.

El pálpito certero, el eterno interrogante de que, si esta noche todas hiciéramos esto, qué traería el amanecer. Tal vez fuego, pero nunca más nos despertaríamos quemadas. Tal vez sería el final, pero no soporto un día más de vernos cansadas, eternamente cansadas y preguntándonos y si, y si, casadas con otro mal que igual no era tan necesario, toda una generación casada con la eterna duda y ya sabes lo que dicen: ante la duda, tú la viuda.

En el edificio, una única luz encendida: la del despacho más grande. Noto su puño apretándose y me enternezco. No es una ternura suave sino brava. Soy el arroyuelo de leche y miel bañando los pies de aquella santa que entre los faldones dorados escondió un puñal.

En la clase de química, una pregunta: qué se quema más rápido, tu sistema nervioso o doscientos metros cuadrados de madera de roble.

Una niña con ramitas y hojas de almendro en el pelo levantará la mano, yo lo sé, yo lo sé. En su parte de baja laboral lo llamarán burnout. ¿Cómo llamarán a esto?

Este bidón se llama networking y este se llama team-building, este año la cena de Navidad de la empresa se ha adelantado y el salad dressing son diez litros de gasoil salteados con un destello de propano. Un destello: es todo lo que hace falta. Yara se rebusca en los bolsillos y sus dedos llenos de padrastros rescatan el mechero verde lima. Me arroja una última mirada que yo recojo y envuelvo en el amor más puro que puedo escarbar en mí para ella. Lánzate que sé dónde vas y estoy deseando recogerte, lánzate que te voy a recoger súper bien. El mechero hace chas y dos lucecitas temblorosas se prenden en sus pupilas.

La sonrisa ojerosa de Yara desaparece en un fogonazo.

Una moto atraviesa como una centella la Gran Vía, como una metralleta huyendo todo lo rápido que puede del lugar del crimen, un edificio monstruoso que arde y explota, las llamas lamiendo las vigas y las cenizas revoloteando como mariposas.

La misma fantasía todas las noches, la oficina arde, la oficina arde y el jefe chilla y nosotras nos alejamos a la velocidad del rayo en dirección a la mediocridad.

En la terraza, Gabi abraza a Yara tras el ataque de ansiedad.

—Gabi, ¿sabes eso que siempre decimos de ojalá poder ir a nuestra *yo* del pasado y decirle que todo va a estar bien?

—Sí.

—Pues ¿dónde está mi yo del futuro para decirme que todo va a estar bien?

Él le acaricia el pelo con suavidad.

—Está aquí. Somos nosotras, Yara. Todo va a estar bien.

Vamos a hacerle algo. Estamos haciendo una especie de... se llama en Asturias un cartafueyo, que es una especie de revistina... y muchas escribimos cosas sobre Begoña. Yo escribí una anécdota que vivimos, cuando esté ya te lo pasaré. Muchas escribimos. (...) ¡Y con fotos! Ah, estamos buscando fotos de la época de la facultad, imagínate, ay ¡sí sí sí, te guardaré uno, Elisa! Porque ya verás qué fotos. Bueno, a veces no me conozco ni yo misma. Vamos a ver si hacemos eso de juntarnos todas y luego la revistina va a salir. Estuvimos dándole vueltas a cómo llamarlo y yo dije: bueno pues allí en Valencia diríamos "al voltant de Begoña", en torno a, alrededor de.

Entonces lo pusieron en asturianu, que se dice "al rodiu de Begoña".

La región cerebral que nos permite acceder al pasado, tanto para visitar nuestros recuerdos como para distorsionarlos, es la misma que nos permite imaginar el futuro.

Me pregunto si esto querrá decir que las personas que más fantasean con futuros posibles son las más melancólicas.

Begoña fue una pena. Begoña era increíble, la verdad. Mira, cuando ser lesbiana no era tan fácil ni de coña, estuvimos en Ibiza un verano, serían los años '70 y había unas catalanas, siempre tan avanzadas ellas, que habían montado una especie de... de casa, la llamaban «La casa de las estrellas». Y en Ibiza fuimos a pasar un día, porque nosotras éramos más de pueblo, estábamos en Ibiza un poco perdidas. Y llegamos, iba a haber el solsticio de verano, iban a hacer una fiesta en el bosque y tal. Total, que llegamos y estábamos un poco así, nuevas, y Begoña enseguida era la actividad, ¿no? Y había que hacer algo y entonces se puso a cortar leña para el fuego, que te digo Elisa que si no la frenamos igual se acaba el bosque en Ibiza, ¿eh? Porque llegaba con los manojos de leña y ponía la rodilla y hacía crajjjj y las partía con la rodilla. Parecía un leñador del Canadá, te lo juro, así en masculino, un leñador, o sea... y así era Begoña, era muy muy muy activa, muy fuerte. Ya verás cuando leas la anécdota que cuento yo de la facultad. Es una pena. Pero en fin.

Justo antes de pronunciar esa primera frase, Teresa me estaba hablando dando saltos de un tema a otro. Y de repente llega aquí: *Begoña fue una pena*. Su voz siempre atropellada, siempre al traspiés con la siguiente palabra, se detiene por un momento en esta frase, al borde del cráter que ha dejado Begoña, a punto de caerse en él. Venía corriendo atolondrada como una niña que juega y no lo vio. Pero no se cae. Frena justo a tiempo, lo observa. Suspira. Y lo rodea despacio, con cariño, *Begoña era increíble*, para continuar su camino a través de un recuerdo que pruebe irrefutablemente lo increíble que era su amiga.

El relato va cobrando forma y, a medida que Teresa narra la historia del solsticio de verano en Ibiza, su voz vuelve a teñirse de alegría, esa alegría triste que solo habita en la mirada dirigida al pasado sin proyección futura, y en mi cabeza veo todo lo que me cuenta como una vieja película: un cielo estrellado y sin nubes; la luz lila bañando el bosque mientras atardece; eco de gaviotas y olor a lavanda; la brisa cálida aliviando la frente de Begoña mientras vuelve a la casa donde la esperan sus amigas, sin aliento y afanada en su entusiasmo por llevarles calor. No puedo verle la cara entre los mechones finos de pelo en su ascenso por la colina cargada de leña pero, cuando se los aparta al secarse el sudor con el revés de la mano, Begoña tiene la cara de Oli, y luego de Mar, de Ángela, de Gabi, de Ona, de Yara. Aunque en realidad Ángela no iría al bosque a por leña, pero sí probaría a partir un tarugo con el hacha y a medio camino le entraría la risa y al acabar de cenar nos ofrecería una manzanilla para que hagamos bien la digestión.

Me gusta que Teresa hable con humor de sentirse perdida, de sentirse «menos avanzada» que las catalanas o de lo difícil que era ser lesbiana en aquellos momentos. Me gusta que me haga en las entrevistas lo mismo que le hago yo a la psicóloga en las sesiones. Confusas, inseguras y con cicatrices en las rodillas y el pecho, Teresa y sus amigas llegan juntas a la casa de las estrellas, otra casa temporal que se hace eterna al enmarcar el recuerdo elegido para retratar a Begoña. Lo tomo en mis manos y descubro que el cristal es cóncavo. La luz rebota y sale disparada en una dirección, perdiéndose en algún punto.

—¿Es por algo que hemos hecho?

Yara se retuerce las manos, pero no baja la cabeza. Siempre me ha encantado su firmeza cuando toma una decisión y sin embargo ahora odio que sea así. No entiendo en qué momento ha pasado esto ni por qué no nos ha dicho nada antes. Gabi la observa silencio, también espera su respuesta. Solo se oye el runrún del ventilador. La gata salta al sofá y, al acariciarla de forma automática, me acuerdo de Mar y Oli aquella tarde de verano en que fui a su casa a darles esta misma noticia. Yara me mira, abatida. Un frío efervescente me paraliza la garganta.

—Nadie ha hecho nada malo, lo necesito y ya está.

—Lo entiendo, Yara.

Me giro y miro a Gabi. ¿Pero qué dice? Si precisamente ellas son amigas desde hace años, ¿qué va a entender? Esta casa que compartimos es un sueño, el sueño que tiene absolutamente todo el mundo en nuestro entorno, incluidas nosotras. ¿Quién querría irse? Ayer mismo estuvimos plantando albahaca en la terraza y contándonos chismes con el sol de la tarde estival acariciándonos los tobillos. Luego hice sorbetes de fruta para todo el mundo. Hace un año solo podía fantasear con esto. Cada día aquí las inseguridades resecas sobre el futuro se van erosionando con el agua fresca que las baña y se las lleva. Miro a Gabi y luego a Yara, llena de incomprensión, pero enseguida evito su mirada para que no se sienta culpable por necesitar marcharse a vivir a Madrid. Por poner seiscientos kilómetros entre ella y esta casa.

—Bueno, a ver —continúa Gabi—, entiendo que a veces, por mucho que nos cuidemos, una siente... que tiene que tomar otro camino.

Yara asiente y se tapa las manos con la cara. Lo tenía que haber visto venir. Tal vez no quise verlo. Por un instante, temo que el abismo vuelva a abrir las fauces, pero no lo hace. Hay en su lugar un océano de pena. Una extraña serenidad interior decide que este duelo merece hacerse de otra manera. Descruzo mis brazos, entrelazados con fuerza contra mi pecho, y los abro. Sus hombros tiemblan mientras nos acercamos a abrazarla. No podemos abarcar con cuatro brazos su lejanía, no es una cuestión de números ni de albahacas, pero sí podemos sostenerla aquí, en este momento. Cuatro brazos envolviendo un cuerpo que se nos escurre, pero que ahora se acurruca entre ellos, porque sabe que puede hacerlo.

Luego Begoña fumaba, con un cáncer, a escondidas en la terraza. Como a Mónica no le parecía bien por la enfermedad, en la separación entre la terraza de Begoña y Dolores había un tarro de cristal donde echaba las colillas y hacía como que estaba hablando con Dolores apoyada en el muro para fumar a escondidas. En fin. Hacíamos muchos trucos porque nosotras sabíamos que se iba a morir. Y yo entiendo que quizá Mónica tuviera razón al reñirla, pero nosotras sabíamos que era absurdo, ¿no? Reñir a alguien que se va a morir, a unos meses vista. Entonces no le dejaba comer fritos porque como buena alemana de Berlín, era de comida muy natural y eso, entonces lo que más le gustaba a Begoña eran los calamares fritos. Entonces María José sacaba los calamares y colocaba el plato cerca de Begoña para que, cuando Mónica estuviera distraída, Begoña pudiera coger calamares fritos.

Quiero decir que... Bueno, eso es lo que se llama ser amigas. ¿Verdad? Yo lo entiendo así. Amigas. Hay cosas que hay que cuidar, pero que a veces cuidar es dejar que se vaya un poco más a gusto. Más tranquila. Esas cositas pequeñas.

CINCO

Venim d'utopies, de somnis que exploten
El món s'ha trencat. Som precarietat
Som una estampida de cossos tacats
Roba Estesa

Que las casas tengan puertas significa que siempre están cargadas con un adiós listo para disparar. Que el sitio por el que se entra sea el mismo que por el que se sale me parece una crueldad arquitectónica. Las casas tienen una sola puerta principal y no son desmontables, no son transportables, no son divisibles. El único movimiento es de dentro a afuera y viceversa, otra victoria del binarismo sádico que no da espacio a intermedios, a intervalos, para que no sepamos, cuando nos arrancamos unos cuantos besos como chutes de adrenalina en el portal, si estamos fuera o ya hemos entrado sin saberlo.

Con Ona me siento segura y feliz, a pesar del sustito que aún tengo en el cuerpo por esta transformación en nuestra forma de relacionarnos que aún no sabemos bien qué implica. Sentadas en nuestra mesa de siempre, intentamos articularlo, tratando de que no se convierta en un yugo pero sabiendo que jamás lo conseguiremos solo con palabras. Como todas, queremos escapar de la normatividad, pero lo ansiamos con tanto ahínco que nuestro encuentro acaba y es ahí cuando caemos en que no hemos hablado de otra cosa en toda la tarde. Decidimos alargarlo, pero retumba a lo lejos un trueno que anuncia una tormenta de verano y subimos a su casa a ver una peli con una consigna: ¡prohibido gestionar! Nos reímos de lo pesadas que somos y hacemos palomitas.

A mitad de la peli, oigo los ronquidos suaves de Ona, fuera de combate a mi lado en el sofá. Con suavidad la conduzco a la cama para que podamos dormir. Es la primera vez que pasaremos la noche juntas, solo nosotras dos. Según me acurruco, la oigo sollozar. Le pregunto. Ona, qué pasa. Ella solo me agarra la mano y la aprieta.

Noto cómo coge aire y hunde la cabeza en el agua, nada hacia abajo, alejándose de la superficie. La dejo que bucee tranquila. Sus pies desaparecen y yo la espero flotando. Miro el borde de este lago inmenso, intentando encontrar los puntos donde se traza la línea que desdibuja la niebla. Todo el cielo está encapotado, el aire destemplado, desmayado, raro. En su viaje por el fondo oscuro encuentra algunas lucecitas titilantes, puntos que conectan su llanto en una constelación. Aquí, el miedo a la vulnerabilidad. Allí, la amable posibilidad de mostrarlo. Un poco más allá, la duda de si estaremos autoengañándonos al pensar que, tal vez, lo estamos haciendo bien. Da otra brazada y su pelo ondula suave. Hacemos lo que podemos. Se deja llevar un poco por la corriente, nota el agua un poco más fría acariciando la punta de los dedos, está más despierta pero menos vigilante. Respira profundo, porque aquí abajo se puede respirar, solo que nunca nos acordamos. Se gira y todas las luces han formado un dibujo. No me cuenta cuál, pero no hace falta.

Cuando vuelve, me acerco a su mejilla y la beso con cuidado. Aparta las manos de la cara y se gira, sus ojitos brillantes rebosando cansancio y buscando algo sencillo.

Estoy agotada, dice. Estamos todas agotadas de intentar hacerlo todo siempre bien. Es desesperante intentar estar a la altura de nuestras propias expectativas. Le doy otro beso en la mejilla, aún húmeda. Le cuento que, en algunos supermercados, los carritos están trucados para girar hacia la derecha. No sé si es verdad, es la típica cosa que oí hace muchos años y que nunca me he molestado en verificar. El caso es que, cuando coges esos carritos, tienes que estar todo el rato corrigiendo la trayectoria, forzándolo hacia la izquierda. Y a veces se te olvida y de repente te encuentras en las baldas de los pañales, cuando tú querías ir hacia las olivas. El engaño, cuando coges uno de esos carritos, es pensar que en algún momento vas a poder ir en una dirección concreta, cuando en realidad nos vamos a tirar toda la vida cayendo en la trampa, compensando, volviendo una y otra vez al carril. Para cuando termino de hablar, me parece una metáfora de mierda. Pero a ella le gusta y me abraza. Hacemos lo que podemos, también con las metáforas.

Por la mañana me desperezo en la cama mientras oigo a Ona hacer el desayuno en la cocina. ¿Cómo sería este nuevo día si me hubiera despertado junto a Oli, o junto a Yara? ¿Puedo imaginármelo sin manchar la imagen de juicio, de discurso? Simplemente despertarme a su lado, sin hacer un manifiesto sesudo sobre el amor romántico o las amigas, solamente abrir los ojos y abrazar su espalda como cuando abrazaba mi conejito blanco de peluche hace tantos años, notar su mano palpando y apretando suave la mía y ya está. No sé si alguna vez podremos volver a relacionarnos sin analizarlo todo. No sé si llegaremos a saber hacerlo fácil. Al sentarme al borde de la cama, veo que Ona está hirviendo agua para el té, con la taza que le regalé sobre la encimera. Afuera, un rayo de sol se cuela frágilmente entre las nubes. Me levanto despacio y voy hacia ella.

La noche antes de que Yara se marche a vivir a Madrid hacemos una pequeña fiesta en casa que dura hasta la madrugada. Es una de esas noches frescas de finales de verano en las aún se duerme con la ventana abierta y persiste cierta sensación de libertad antes de volver a la rigidez de los calendarios laborales. Reímos en la terraza abarrotada de plantas como si no fuéramos a tardar mucho en volver a hacerlo y Ona me roza la mano bajo la mesa. Yo le sonrío y enrosco mi dedo meñique en torno al suyo.

Ya casi es hora de irse a dormir y en el salón Yara está abrazando a todas las personas que le dicen que la echarán de menos, y ella también lo hará, pero cuántas ganas tiene ya de echar a volar de aquí. Su voz ya no se arrastra tratando de abrirse paso, ahora suena ligera y temblorosa como la vela de un barquito, perforada por ese miedo previo al salto al vacío. Está encantada de estar aterrorizada, la muy sinvergüenza. Para el día siguiente hemos acordado ir juntas a Madrid en el coche de Gabi, así la ayudo con la mudanza y veo a Oli, Mar y Ángela. Cuando se va la última persona, me acerco despacio y le pregunto sin mirar al suelo puedo dormir contigo Yara y me agarra la mano y me dice porfa. No puede llevarse su cama al nuevo piso, así que después de esta noche la intentaremos vender. Por última vez, el colchón cubierto de sábanas decoradas con mariquitas recoge su cuerpo cansado y hace hueco para el mío que lo abraza. Entre las siluetas de la mesa y las estanterías vacías de su cuarto, me siento como en un set de rodaje desmantelado donde se ha grabado una serie increíble, o en la pista de baile vacía de aquella primera jarana. Nunca habíamos dormido juntas y disfruto de reconocer sonidos y olores nuevos. Puedo notar su respiración relajándose a medida que el sueño se hace con ella y se la lleva lejos de mí. Enseguida aparece el impulso de distraerme del dolor con cualquier pensamiento, pero esta vez lo encaro, recibo ese dolor y lo dejo correr por mi cuerpo y arrastrar todo lo que necesite llevarse en su caudal. Inspiro profundo y exhalo despacio para dejarlo salir. Yara me recoge la mano y la aprieta contra su pecho.

Casi siempre son ventanas por las que asomarnos pero, en ocasiones, las historias que se desempolvan y que nos llevan a lugares del pasado también pueden ser puertas. Las historias-ventana nos permiten mirar a través de ellas, pero las historias-puerta podemos atravesarlas para recorrer un camino que nos lleve a casa. Al rescatar los relatos que parecían acabados, pero en los que podemos ver nuestro propio reflejo, se rescata también una cierta esperanza sobre ellos. Un interrogante. Según apago la grabadora en mi último encuentro con Teresa, me viene a la mente mi abuela.

Mi abuela no es una puerta, ni de momento una ventana.

Mi abuela es un camino. Un camino de tierra desdibujado en el campo seco manchego, cerca de la alambrada por la que a veces se asoman los cervatillos. Las pedruelas crujen bajo las suelas al recorrerlo porque no hay un viento que aúlle para ahogar el sonido. El aire en Castilla no habla ni se mueve o no parece que se mueva y esa es la trampa, te crees que no se mueve porque no lo agita ninguna ventolera, pero la realidad es que se mueve hacia abajo, te aprieta hacia abajo como un pulgar contra la tierra. Mi abuela es un camino pedregoso que lleva a una casa. En esa casa, que está hecha polvo, en esa casa puedo encontrar detalles que se habían difuminado al alejarme con el paso de los años y de los kilómetros, detalles abandonados como lastre inútil en una búsqueda de verdades lo más lejos posible. Puedo, por ejemplo, preguntar a mi abuela cómo se llamaba el pastor que venía desde Bólliga (el pueblo vecino al que los niños y yo llamábamos Boñiga) y ella me dirá se llamaba Eusebio, y entonces en la casa se enciende una luz que se posa sobre ese nombre e ilumina débilmente la camisa que llevaba Eusebio el día que mi abuelo le dijo Eusebio ten cuidado con la niña que es un terremoto y te espantará a las ovejas y yo decía Eusebio cómo se llama esa oveja y esa y esa y esa vieja de allí.

Mi abuela es un camino y mi abuelo también lo era hasta que se resbaló. Pero mi abuelo dejó aquí sus memorias, un puñado de folios en los que escribía en el comedor de aquella casa o en la silla de plástico del jardín mientras yo atrapaba lagartijas en el muro. Así se convirtió en una ventana: no querría atravesarla y por eso no es una puerta, pero disfruto tanto de observar lo que hay al otro lado y aprender de ello. Sus nudillos surcados por el sol seco manchego apretaban la tinta de un boli de Caja Madrid contra el papel, delineando senderos que no se moverían, no sonarían al recorrerlos una tarde pisando crac crac las piedras al pasar por el cartel que dice Bólliga, pero al menos son señales que llevan a algunos rincones de aquella casa.

Tengo miedo de que mi abuela se resbale porque ya no habrá manera de llegar allí.

Mi abuelo y mi abuela tuvieron criaturas y así se convirtieron en una rampa por la que se deslizan todo tipo de miedos y heridas heredadas, un acueducto del que estoy dispuesta a ser el último estanque. El agua que se precipita y se desborda debe permanecer emponzoñada, porque si trato de limpiarla, de señalar el dolor que causa el silencio de toda una familia, el mismo silencio que oculta quién era la amiga de Marga, entonces los demás verán su propio reflejo. Y eso no puede ser. Mi abuelo se recupera de una operación mientras en el pasillo un hombre de esta familia me dice, dando un sorbo al café de máquina bajo los fluorescentes del hospital, que con pelos en las piernas ningún hombre va a quererme. Silencio. Ahí, justo ahí, sí está permitido mirar hacia otro lado.

Hago con mi infancia, con mi adolescencia, lo mismo que con los relatos de Teresa. Lo mismo que hacemos las bisexuales llenas de ansiedades con la astrología y los pisos luminosos de fotocasa.com. Rebuscar en esa maraña de fantasía y relatos pasados hasta palpar con los dedos un pomo. Precisamente lo contrario de lo que aprendí que se hacía en una familia en la que en vez de esperanza se dice tibieza, en vez de fuego se dice precaución, en vez de novias, amigas. Mirando donde no debo, voy aprendiendo a hacer recortables resplandecientes a partir de verdades encondidas, recortables en forma de baldosas amarillas. Reivindico la fantasía que también nos pertenece y nadie nos asegura. Rebusco en ella para encontrar nuevos significados, otros caminos. Aquella agua infestada de miedo y vergüenza se derramó sobre nuestros cuerpos antes de que aprendiéramos a nadar, pero para nadar no solo necesitarás, minúscula niña de gafas enormes, aprender a decir con la barbilla bien alta que ningún hombre asqueado por tu cuerpo merece tu amor. También será crucial aprender a mirar. Mirar donde nadie mira, y tener el valor de imaginar. Transformar recovecos del pasado y del futuro en espacios cálidos, clavar a martillazos alguna guirnalda de lucecitas, alguna maceta que rebose helechos y creerte con ternura tu propio cuento para poder sentir que caminas en alguna dirección.

Las palabras pueden ser lo que una elija que sean. Senderos de tinta que lleven a una casa en ruinas, un rebaño de ovejitas atravesando el monte polvoriento cuando se pone el sol. Las palabras de Teresa pueden ser una crónica, un mapa de ruta o una canción de cuna. Pueden ser inventadas, reflejos distorsionados de recuerdos que llevan a barrancos de nada, quién sabe, a quién le importa. Solo hay una cosa que nunca serán.

Nunca serán mentira.

Salimos después de comer, con la sensación absurda de que estar yéndonos de viaje a algún sitio desconocido y soleado juntas. Fantaseo con esta idea, con decirle Yara y si nos vamos a la playa, a lo mejor así se lo piensa, pero la veo cerrar el maletero con decisión y no digo nada. Según arranco el coche, ella enchufa su móvil al altavoz y reproduce *Shake It Out,* de Florence + The Machine. La ha estado escuchando en bucle durante las últimas semanas. No sabía que le gustara ese tipo de música, así tan intensa. La que pone siempre por casa suele ser bastante mamarracha, si te descuidas a veces aparece haciéndote playback por el pasillo. Ella me lo nota en la cara. «Si escucho siempre lo mismo no puedo cambiar el relato sobre mí misma. Como que solo me permito una versión», me dice tan ancha, y sube el volumen.

En las siete horas de coche nos dedicamos a cantar a voces, escuchar podcasts y desgranar cronológicamente nuestra amistad. Un coche atravesando la A2 con dos cotorras dentro. Vamos ya por la provincia de Guadalajara cuando nos permitimos el silencio, acunado por el sonido del motor.

—Sabes, el día que fuimos al concierto con Ona estaba hecha un cuadro. Me fui al baño para que no me vierais llorar.

—Ya lo sé, Eli.

La miro y ella estira el brazo para acariciarme la espalda con suavidad. El sol está terminando de desaparecer y un rojo intenso tiñe el filo del horizonte sobre los páramos manchegos mientras nos aproximamos a la ciudad. Dejamos atrás torres eléctricas, matojos secos y puñados de golondrinas en su migración anual. Cualquiera que no haya crecido cerca de estos paisajes debe de encontrar su particular belleza difícil de comprender. Al retirar la mano, Yara se rasca la naricilla y añade, mirando por la ventanilla con una sonrisa de comisura:

—Disimulas fatal.

Llegamos a Madrid poco después, sobre la hora de cenar. Frente a su nuevo portal de Carabanchel, que aún no es su portal, nos abrazamos largo y suave. Es tan extraña esta sensación, como si nos fuéramos a ver mañana y a la vez el boquete en el estómago de no querer saltar, no querer soltar. No sé cómo decirle todo lo que quiero que sepa. He tenido siete horas de coche para hacerlo y no lo he hecho y ahora rebusco arrepentida y agobiada, a contrarreloj, pero no encuentro nada. Así que, de nuevo, me quedo en silencio. Rodeo su cuerpo con el mío obedeciendo a ese instinto animal de preservar lo que ya se ha ido, el mismo impulso absurdo que nos hace aferrarnos con fuerza al asiento de un avión cuando este cae al vacío. Al separarnos, Yara me agarra la mano y coloca algo dentro. Es el mechero verde lima.

—La próxima vez que te entren ganas de disimular, las quemas.

Una niña curiosa frente a su tía dormida en el sofá. El televisor viejo de la salita rascando a duras penas la voz del meteorólogo. Algo sobre una tormenta.

El extraño encuentro de colocar una vida tan corta y otra ya larga en el mismo salón, cara a cara. Dos trenes que se cruzan antes de que se haga de noche.

Cuantos más kilómetros recorras, mayor será la carga de nostalgia. Nadie te había advertido salvo Malvina Reynolds pero ya era tarde y no le habías hecho hueco y ahora cuando te giras ves que está totalmente desbordada, borbotones de pasado fuera de control.

Dos trenes que por un segundo se alinean perfectamente. Si en ese destello coincidieran a mirarse, creerían que es cosa del destino. Pero los trenes solo miran hacia delante. Por eso consiguen llegar a su destino.

Todo lo demás son paradas. Solo se le llama destino a la última.

No a la mirada fugaz en el instante en que se reconocen, en que se convierten en reflejo el uno del otro, como un milagro nocturno, mientras alguien solloza en el asiento A24.

Del punto a al punto b, sin desvíos. Sin paradas. A eso se le llama éxito.

Una figura diminuta corriendo calle abajo como alma que lleva el diablo en imparable estampida hacia casa de sus amigas.

Ellos lo leerán como un fracaso.

Del punto a al punto b, sin traspasar el bar, sin cruzar el océano con una ex-pareja, sin ver *Tomates verdes fritos* una tarde de lluvia, sin tirarnos cubos y cubos de agua para no volver. Sin que tu amiga te insista treinta años más tarde para que vivas en la terraza de enfrente porque da el sol por las mañanas. Llegar a tiempo a donde se suponía que había que llegar, con una sola llave en el llavero y el plato de calamares quieto en el lugar que le corresponde.

Pero nosotras no llegamos a tiempo. Nosotras vinimos tarde.

La psicóloga pregunta qué tal esta semana y la paciente responde me agobio porque no sé si me va a dar tiempo en el tiempo que esté viva a sanar todas las heridas que arrastro y poder perderle el miedo a la incertidumbre.

A abrir las puertas de casa no solo para dejar entrar.

Una casa se muere cuando el miedo a quedarse es mayor que el miedo a irse. Lo mismo pasa con los cuerpos.

(No vamos a ser tan cínicas como para decir que en una casa, en un cuerpo, no debe haber miedo. Somos feministas, pero no tontas.)

Una casa no le tiene miedo a irse pero sabe que, sin nadie dentro para colocar un cubo de plástico en el punto correcto, las goteras irán erosionando el suelo

poco a

poco

.

Qué casa merece la pena construir si alguien no siente la ardiente necesidad de correr con todas sus fuerzas hacia ella.

No apagues la música, necesitamos el suelo. Lo necesitaremos también para cuando haya que irse. Para saber por dónde.

No apagues la música, que viene tormenta.

El cervatillo desaparece entre las encinas y la niña por fin abre la mano y deja caer las hojas sobre la tierra.

Una mujer se acerca por detrás a Marga y toma su mano con ternura. Nadie más la oye decir: «Sabes, creo que esta niña podría entender.»

Para que haya reconocimiento tiene que haber siempre dos miradas.

Tanto tiempo creyendo que nuestro fracaso dentro de un mundo de caminos rígidos era un callejón sin salida

cuando el fracaso siempre fue

una puerta.

El recorrido a casa de Mar y Oli coincide con el que hice corriendo aquella tarde. Llego con algo de retraso a la cena, así que apuro el paso. No es el cumpleaños de nadie, no es un festivo. Lo que celebramos esta noche es que a Mar le han reconocido oficialmente que su baja fue causada por abuso laboral.

En mi travesía por Santa María de la Cabeza distingo negocios nuevos que no estaban la última vez que pasé por aquí, y otros tantos con carteles naranja fosforito que anuncian su traspaso. Esta ciudad, con la que siempre he mantenido una relación de amor-odio tan insana como común entre quienes crecimos aquí, cuyas calles me han visto declarar mi amor a gritos y rasgarme las vestiduras desesperada a deshoras, ahora se me antoja lejana, un tanto extraña. Como un niño que ha pegado el estirón desde la última vez que lo viste y nadie lo ha notado excepto tú porque has estado lejos y ya no sabes bien cómo relacionarte con él.

Llamo al timbre y espero nerviosa, hay algo de bullicio al otro lado. La puerta se abre y allí están Oli y Mar, ojerosas pero sonrientes. Nos miramos un instante antes de abrazamos las tres sin mediar palabra. Ángela asoma la cabeza por el pasillo, pega un grito y se abalanza sobre nosotras haciéndonos un pequeño placaje y dando saltitos. La velada avanza entre carcajadas, anécdotas, vasos derramados sobre la mesa y una pista de baile improvisada en el minúsculo salón. Saltamos con el desgarro de quienes en tantísimo tiempo no se han arrojado al torbellino de la música y la algarabía, de quienes han estado tan enjauladas en sus cabezas que es ahora cuando están descubriendo de nuevo sus cuerpos, sus manos, sus muslos, sus labios, sus nalgas, sus corazones, sus cabelleras dibujando figuras imposibles en el aire. Una extraña euforia estalla en mi pecho y por un momento me siento tentada de volver aquí. Olvidarme de todo y volver, volver atrás, estar con ellas que son mi familia, buscar la manera porque la encontraremos, buscarme una habitación a precio abusivo en el barrio y así estar todas cerca en metros y no solo en amor y que nada cambie nunca.

Pero esa lección ya la he aprendido. Nuestra historia aún no ha terminado y otra parte de esta familia desviada está ahora naciendo, esperándome cerca del mar.

El plan era quedarme a dormir y salir por la mañana, pero en la entraña algo tira de mí y esta vez lo escucho. No tengo sueño, no he bebido, me siento completamente lúcida. Tanteo las llaves del coche en mi bolsillo con la punta de los dedos. Mi cuerpo lleva tanto tiempo silenciado que aún no sé interpretar lo que vuelve a susurrar, así que ofrezco todo lo que soy a esta escucha. Pensaba que no aparecería, pero ahora puedo volver a oírlo cada vez más alto, como cuando éramos adolescentes y nuestros sueños no eran engranajes oxidados sino un incendio. Tengo la piel erizada y el instinto afilado. Ángela, Mar y Oli me acompañan a la puerta y nos damos la mano. «Parecemos una secta», dice Oli. «Shhh calla, mamarracha», dice Mar con una humedad temblorosa en los ojos. Me río y las abrazo. «Siempre estaremos cerca», susurra Mar, como leyéndome el pensamiento.

En algún lugar, puedo verlas: Teresa y sus amigas cierran el bar, sacan la pancarta de OTAN NO de la barra y suben al coche, listas para emprender su viaje de quinientos kilómetros.

Conduzco toda la noche y le subo el volumen a Florence cuando suena por los viejos altavoces del coche de Gabi. Vuelvo a distinguir esa chispa que estaba anudada, brillando con algo más de fuerza. Comprendo que no hace falta que me aferre a ella. Simplemente dejo que me envuelva, serena y con la mirada atenta, mientras me sumerjo en el entramado de asfalto y luces nocturnas. Al final de la oscuridad sé que está mi casa, mi casa que no durará para siempre, mi casa que no siempre será la misma, mi casa que no es solo paredes sino espejos y agua, ventanas y luz. Mi casa, que se escribe en plural y que es un misterio. Y las veo a ellas rodeándome, nos veo recién nacidas y nos veo viejas y reventadas de reír, acariciándonos los dedos justo antes de morir, diciendo mereció la pena, lo conseguimos y qué pena que a veces estábamos tan obsesionadas con el final que no supimos ver que ya lo estábamos consiguiendo, porque estábamos juntas.

Los primeros destellos del alba rasgan la negrura abismal del cielo mediterráneo mientras la voz de Teresa resuena más clara que nunca: *Lo que tienes tú ahora.*

Lo que tienes tú ahora.

Barcelona amanece como cualquier otro día. Una tenue luz rosada baña el edificio al que me llevan mis pasos sin tener que pensarlo. La llave encaja, gira.

Empujo la puerta con cuidado

y entro.

Teresa Meana, 1955

Elisa Coll, 1998

Agradecimientos

Este libro nace originalmente de un trabajo de fin de máster que, a su vez, nació de un trabajo de final de asignatura para el máster CRIC de la Universitat de Barcelona. Gracias, Cristina Alsina y Rodrigo Andrés, por animarme a ello y acompañar este primer proceso.

Clara Bafaluy, amiga, no tengo palabras. Bromeamos con tu rol de «editora en la sombra», pero es lo que has sido respecto a estos textos en todas sus fases, con una dedicación que me hace sentir afortunadísima. Te quiero y te admiro muchísimo. Gracias.

A la editorial Amor de Madre y a Victoria Borrás, espectacular editora y compañera de aventuras. Gracias por tu propuesta de publicación, por recibir con los brazos abiertos este proyecto y por acompañarlo con tanta honestidad y cariño, siempre creyendo en él cuando a mí me flaqueaban las fuerzas.

A Alana Portero, por amadrinar el libro y conjurar maravillas con su precioso prólogo. Gracias por tu inmensa generosidad, como escritora y como persona.

A todas las personas que habéis sostenido este proceso que, bien sabemos, ha pasado por todo tipo de subidas y bajadas y se ha escrito en muchas casas diferentes. A les amigues, compañeres, parejas y exparejas que me habéis dejado tomar prestado trocitos de nuestras historias para imaginar sobre ellas. A quienes recogisteis con entusiasmo textos y borradores para compartir vuestras impresiones, sobre todo en aquella merienda/puesta en común tan decisiva y divertida. Gracias: Aina, Anna, Anna, Carmen, Clara, Cris, Fran, Gema, Greca, hermanita, Ire, Isa, Julia, Maria, Maria, Marta, Pablo, Pal, Raquel y Roy.

A mi tía Marga, y también a Fina y Tere, gracias por la escucha cuando la necesité y por verme cuando yo no me había visto aún.

Y el agradecimiento más nuclear, sin el cual nada de esto habría sido posible: a Teresa Meana. Gracias por abrirme las puertas de tu casa, literalmente, y de tu vida. Por acceder con entusiasmo a permitirme relatarla, algo que para mí es tanto una responsabilidad como un honor. Gracias por tu generosidad, tu valentía, tu amabilidad y tu sentido del humor. Y gracias, sobre todo, por mostrarnos que otros futuros son posibles.

Gracias a la red de Teresa que permitió ser retratada para este libro. Aun sin haberos conocido a todas, ya sois mis referentes.

Gracias a mi propia red. Soy tan afortunada de compartir espacios con unes como de echar de menos a otres. Os amo, os adoro, os como la cara.

Por último, a ti.

Gracias por recoger esta historia y mantenerla viva.

Notas, créditos y curiosidades

- Pág. 33: Pasé el borrador de este texto a Cris Lizarraga, a quien le debo mucho respecto a este libro y a la vida, y le gustó tanto que metió la frase del final del párrafo en la canción *Flower Trouble* del último disco de Belako, *Sigo Regando*. A su vez, referencio el título del álbum en la página 90, porque así somos.
- Pág. 45: este recurso de adaptar el formato "elige tu propia aventura" a una narración de autoficción está inspirado en el libro *En la casa de los sueños*, de Carmen Maria Machado, cuyo uso de este recurso me parece absolutamente brillante.
- Pág. 101, escribí la frase "La autoficción es la venganza de las perdedoras" y tiempo más tarde di con un tuit de mi admirade Zaida Carmona que decía "La venganza se sirve en una autoficción", que me parece una frasaza. Fue coincidencia, pero qué fantasía coincidir en esto.
- Pág. 110, la referencia a Danez Smith corresponde a su poema *my poems*, de la maravillosa antología *Homie* (gracias, Cristina Alsina, por traerla a mi vida).

- En la Pág. 125 hay un pequeñísimo guiño a *Soy una tonta por quererte*, de Camila Sosa.
- Algunos pasajes del libro fueron escritos en contextos tan variopintos que nunca pensé que acabarían aquí. Por ejemplo, la carta de la página 151 es una carta real (modificada y ampliada) que escribí a mi amiga Greca para un ejercicio de escritura que decidimos hacer ambas tras acompañarnos en un periodo muy difícil para las dos. Gracias por dejarme inmortalizarla aquí.
- El texto de la página 158 lo escribí originalmente para el nº 11 de la revista *La Madeja*, que será publicada este mismo año (2023). La versión que hay en este libro está modificada y adaptada para este libro.
- Si bien la historia principal es una autoficción, las partes correspondientes a las entrevistas con Teresa son transcripciones reales. Los únicos cambios en estas son adaptaciones por motivos prácticos y de protección de privacidad de personas cercanas.